AF125567

Charles Hugo

Valjean

Drama in zwei Abteilungen mit einem Vorspiel - nach Victor Hugo's Roman

'Die Armen und Elenden'

Charles Hugo

Valjean
Drama in zwei Abteilungen mit einem Vorspiel - nach Victor Hugo's Roman 'Die Armen und Elenden'

ISBN/EAN: 9783743454040

Hergestellt in Europa, USA, Kanada, Australien, Japan

Cover: © designed by hansebooks

Hansebooks GmbH, Trakehner Weg 52, D-22844 Norderstedt

Weitere Bücher finden Sie auf **www.hansebooks.com**

Valjean.

Drama in zwei Abtheilungen mit einem Vorspiel

nach Victor Hugo's Roman

Die Armen und Elenden

von

Charles Hugo.

~~~~~~~~~

Für die deutsche Bühne bearbeitet

von

A. Diezmann.

Autorisirte Ausgabe.

Leipzig,
C. F. Steinacker.
1863.

Vorspiel.

Die Sünde.

Personen des Vorspiels.

Valjean.

Myriel.

Fräulein Baptistine.

Frau Magloire.

Labarre, Wirth.

Der kleine Gervais.

Ein Gendarm.

Ein Arbeiter.

Eine Arbeiterin.

Volk.

Der Schauplatz ist in Digne 1817.

Erstes Bild.*

Der Abend nach einem Marschtag.

Marktplatz einer kleinen Stadt an einem Sommerabende. — Rechts vorn ein Wirthshaus, durch dessen beleuchtete Glasthür man in eine große Küche sieht, in der Leute sitzen und trinken. Vor der Thür eine Steinbank. — Links vorn ein etwas vorstehendes Häuschen mit einem großen Fenster nach den Zuschauern zu. — Weiter hinten ein Gefängniß und im Hintergrunde ein Haus von bescheidenem Aussehen. — Ein Mann in bestäubtem und zerrissenem Anzuge, mit einem Tornister auf dem Rücken und mit einem dicken Stocke in der Hand, tritt auf. Er sieht sehr ermüdet aus und blickt sich um, dann geht er auf das Wirthshaus zu und klopft mit dem Stocke bescheiden an die offene Glasthür. Darauf erscheint der Wirth Labarre.

Erster Auftritt.

Der Mann. Der Wirth, dann ein Fuhrmann.

Wirth.
Was wünscht der Mann?

Der Mann.
Etwas zu essen und ein Nachtlager.

---

* Kann bei der Aufführung wegbleiben.   D.

1*

Wirth.

Das findet sich (mustert den Mann mißtrauisch) — gegen Bezahlung.

Der Mann.

Ich habe Geld.

Wirth.

So stehe ich zu Diensten. (Der Mann setzt sich erschöpft auf die steinerne Bank.)

Ein Fuhrmann

(tritt in die Thür, zu dem Wirth).

Wo bleibst Du? Was machst Du da?

Wirth.

Es ist noch ein Gast gekommen.

Fuhrmann.

Ein Gast? (Sieht den Mann an.) Der da? (Er spricht leise zu dem Wirthe.) Ich habe ihn schon auf der Polizei gesehen; er ist's, von dem die ganze Stadt spricht.

Wirth (zu dem Manne).

Ich kann Niemanden mehr aufnehmen.

Der Mann.

Nicht? Sie glauben wohl, ich bezahle nicht? Soll ich vorauszahlen? Ich habe Geld.

Wirth.

Aber ich habe keinen Platz.

Der Mann.

Ich brauche, nur eine Schütte Stroh in einem Winkel. Wir reden nach dem Essen davon.

Wirth.

Ich habe auch nichts zu essen.

Der Mann.

Ich bin seit Sonnenaufgang heute marschirt, zwölf Stunden weit. Ich bezahle und verlange etwas zu essen.

Wirth.

Ich habe nichts.

Der Mann.

Nichts? (Zeigt nach der Küche.) Und da?

Wirth.

Alles bestellt und schon bezahlt.

Der Mann (steht auf).

Ich bin am Wirthshause, habe Hunger und trete ein.

Wirth (in bedeutungsvollem Ton).

Ich bin gern höflich gegen Jedermann und sage also nur: hier ist nichts zu haben.

Der Mann.

Aber . . .

Wirth.

Soll ich — Dir sagen, wer Du bist?

Der Mann.

Nun .. ich gehe. (Der Wirth geht mit dem Fuhrmanne wieder in das Haus. Der Mann wankt weiter und verschwindet rechts in einem Gäßchen. Das Fenster in dem Häuschen links wird geöffnet, so daß man ein nettes Arbeiterstübchen, darin einen gedeckten Tisch und eine junge Frau mit einem Kinde auf dem Schooße sehen kann. Der Arbeiter, welcher das Fenster aufgemacht hat, streckt die Hand heraus.)

Zweiter Auftritt.

Der Arbeiter, seine Frau, dann der Mann.

Der Arbeiter.

Es regnet.

Die Frau (lachend).

Das ist mir lieb; nun bleibst Du doch gewiß zu Hause.

Der Arbeiter.

Als wenn ich hätte ausgehen wollen! Heute bleibt Jedermann am besten in seinen vier Pfählen.

Die Frau.

Warum gerade heute?

Der Arbeiter.

Du sollst nicht neugierig sein. (Der Mann kommt zurück und tritt langsam an das offene Fenster.) Willst Du mir nun das Kleine geben? Die Reihe ist an mir.

Die Frau.

An Dir soll immer die Reihe sein.

Der Arbeiter.

Weil das Kind meine liebste Erholung nach der Arbeit ist.   Aber, wir wollen nun essen, Frau.

Der Mann (mit hoffnungsvollem Lächeln).

Die Leute sehen so glücklich aus! Sie werden sich nicht vergebens bitten lassen.   (Er klopft sehr bescheiden an das Fenster.)

Die Frau.

Es klopft Jemand! (Der Mann klopft noch einmal, der Arbeiter steht auf, nimmt das Licht und tritt an das Fenster.)

Der Mann.

Verzeihen Sie! Könnten Sie mir nicht für Geld und gute Worte einen Teller Suppe und einen Winkel in Ihrem Hause zum Schlafen geben? Wollen Sie? Für Geld und gute Worte?

Der Arbeiter.

Wer sind Sie?

Der Mann.

Ich komme weit her und bin den ganzen Tag marschirt.   Wollen Sie? Gegen Bezahlung?

Der Arbeiter.

Einem ehrlichen Manne würde ich gegen Bezahlung gern ein Nachtlager geben.   Warum gehen Sie aber nicht in das Wirthshaus?

Der Mann.

Es ist kein Platz da.

Der Arbeiter.

Kein Platz? Nicht möglich! Sind Sie schon drüben bei Labarre gewesen?

Der Mann.

Ja. Er nahm mich nicht auf..

Der Arbeiter.

Haben Sie anderswo auch nachgefragt?

Der Mann.

Man wies mich überall zurück.

Der Arbeiter (tritt zurück).

Du bist am Ende wohl gar..? (Er setzt das Licht auf den Tisch und nimmt ein Gewehr von der Wand.)

Der Mann.

Haben Sie doch Erbarmen!

Der Arbeiter.

Packe Dich!

Der Mann.

Um Gottes willen nur ein Glas Wasser!

Der Arbeiter.

Eine Schrotladung, wenn Du nicht gehst!
(Das Fenster wird geschlossen und der Laden.)

Dritter Auftritt.

Der Mann, dann ein Thürwärter.

Der Mann (allein).

Geh! Packe Dich! Eine Schrotladung! Wohin soll ich gehen? (Er bleibt vor dem Gefängniß stehen.) Hier! Meinetwegen. (Er schellt, ein Kopf zeigt sich an einem Schiebfenster in der Thür.)

Der Thürwärter.

Was soll's?

Der Mann (nimmt seine Mütze ab).

Wollen Sie nicht so gut sein, mich für die Nacht aufzunehmen?

Der Thürwärter.

Hier ist kein Wirthshaus! (Macht das Schiebfenster wieder zu.)

Der Mann.

Nicht einmal in dem Gefängnisse! (Er setzt sich auf die Stufen vor der Thür. Glocken läuten. Eine Frau mit einem Gebetbuche in der Hand kommt.)

Vierter Auftritt.

Der Mann. Die Frau.

Die Frau.

Was thun Sie da, guter Mann?

Der Mann.

Ich suche mir ein Nachtlager.

Die Frau.

Hier?

Der Mann.

Ich habe neunzehn Jahre auf Holz geschlafen; 's wird auch einmal auf Stein gehen.

Die Frau.

Sie sind Soldat gewesen?

Der Mann.

Soldat.

Die Frau.

Warum gehen Sie nicht in das Wirthshaus?

Der Mann.

Weil ich kein Geld habe.

Die Frau.

Ich habe nur eine Kleinigkeit bei mir.

Der Mann.

Schenken Sie mir immer die Kleinigkeit.

Die Frau.

Sie reicht nicht für das Wirthshaus. Haben Sie es schon versucht? Sie können doch unmöglich die Nacht hier, im Regen, zubringen.

Der Mann.

Ich habe an alle Thüren geklopft und bin überall abgewiesen worden.

Die Frau
(zeigt auf die Thür des Hauses im Hintergrunde).

Haben Sie auch hier angeklopft?

Der Mann.

Nein.

Die Frau.

Versuchen Sie es.

(Verwandlung.)

Zweites Bild.

Myriel.

Sehr einfaches Zimmer. Im Hintergrunde eine Thür, die auf die Straße geht. Rechts zwei Thüren. Links eine Treppe und ein Fenster. In der Wand rechts ein Schränkchen. Zwei silberne Leuchter, einer auf dem Tisch, der andere auf dem Kamine. Tisch. Vier Stühle.

Erster Auftritt.

Fräulein Baptistine. Frau Magloire (die den Tisch deckt), dann Myriel.

Baptistine.

Nein, Frau Magloire, ich rede mit meinem Bruder nicht wieder über die Thür, die er nie zu=machen läßt.

Frau Magloire.

Ich fürchte mich so sehr, daß ich mir ein Herz dazu faßen könnte.

Baptistine.

Mein Bruder wünscht ja einmal nicht, daß wir um seinetwillen ängstlich sein sollen. Wir müssen thun was er wünscht, ohne etwas dazu zu sagen. Es ist auch wirklich nichts zu stehlen hier.

Frau Magloire.

Freilich, die — Armen haben schon Alles, aber die silbernen Löffel sind doch noch da, Fräulein, auch die beiden Leuchter von Ihrer Frau Mutter, und wenn auch der gute Herr, der hier wohnt, von aller Welt verehrt wird, selbst von den schlechten Menschen, so kennt ihn doch der Sträfling nicht, der jetzt in der Stadt herumschleichen soll. (Herr Myriel tritt ein mit einem Buche in der Hand. Frau Magloire winkt Baptistinen.) Er scheint ein sehr böser Mensch, ein großer Verbrecher zu sein. (Myriel setzt sich und schlägt das Buch auf.)

Baptistine.

Frau Magloire, beeilen Sie sich! Mein Bruder wird müde sein von seinem Tagewerk.

Frau Magloire.

Ja, Fräulein ... die Leute sagen, es könnte wohl ein Unglück diese Nacht in der Stadt geschehen; Jeder sollte seine Thür fest verriegeln. Wir freilich haben nicht einmal einen Riegel an der Thür.

Baptistine.

Hörst Du, Bruder, was Frau Magloire sagt? (Myriel nicht freundlich.)

Frau Magloire.

Könnte ich nicht zu dem Schlosser gehen, daß er wenigstens für die heutige Nacht einen Riegel an die Thür machte? Das wäre gewiß bald geschehen. (Es wird ziemlich stark an die Thür geklopft.)

Myriel.

Herein!

Zweiter Auftritt.

Die Vorigen. Der Mann.

Der Mann.

Ich komme aus dem Zuchthause und heiße Valjean.

Frau Magloire (mit unterbrücktem Schrei).

Ach, du mein Gott!

Valjean.

Vor vier Tagen wurde ich entlassen und bin nun auf dem Wege nach dem mir angewiesenen Aufenthaltsort. Vier Tage bin ich marschirt. Heute war ich hier in allen Wirthshäusern, und überall wies man mich ab, weil ich meinen Züchtlingspaß auf der Polizei vorgezeigt hatte. Ich mußte das. Nicht einmal im Gefängnisse nahm man mich auf. Eine gutmüthige Frau wies mir Ihr Haus und sagte, ich solle nur da anklopfen. Ich klopfte. Bin ich recht? Ist's ein Wirthshaus? Ich habe Geld, — was ich im Zuchthause ver= dient — und ich bezahle. Es regnet draußen; ich bin sehr müde und habe großen Hunger. Darf ich bleiben?

Myriel.

Frau Magloire, noch einen Teller! (Frau Magloire holt aus dem Schrank einen Teller und Löffel und legt sie auf den Tisch.)

Valjean.

Sie scheinen mich nicht verstanden zu haben. Hier ist mein Paß. Lesen Sie. Ich weiß was darin steht: „Valjean, aus .." — darauf kommt nichts an — „ist neunzehn Jahre im Zuchthause gewesen, fünf Jahre wegen Einbruchsdiebstahl und vierzehn Jahre wegen viermaligen Fluchtversuchs. Er ist sehr gefährlich." Das hat man dazu gesetzt, weil ich sehr stark bin und überall wies man mir die Thür. Wollen Sie mich aufnehmen? Wollen Sie mir ein paar Bissen verkaufen und mir er= lauben, sie in einem Winkel zu verzehren?

Myriel.

Da steht das Abendessen, Herr Valjean. Setzen wir uns. Zu Tische, Schwester.

Valjean.

Wie? Wirklich? Sie behalten mich? Sie geben

mir einen Platz an Ihrem Tische? Sie nennen mich
Herr, nicht Du? Sie sagen nicht wie alle Andern:
packe Dich?

Myriel.

Frau Magloire, es ist nicht recht hell auf dem
Tische. (Magloire zündet den zweiten Leuchter an und
stellt ihn auf den Tisch. Myriel legt seiner Schwester und
Valjean vor.)

Valjean.

O, Sie sind ein braver Mann! Ich danke Ihnen.
Ich glaubte sicher, daß Sie mich auch fortweisen
würden; deshalb nannte ich lieber gleich meinen
Namen.

Myriel (während Valjean begierig ißt).

Sie hätten ihn mir verschweigen können. Wer
durch diese Thür eintritt, wird nicht gefragt, wie
er heißt, sondern was ihm fehlt. Sie hungern und
dürsten, sind also willkommen. Alles was hier ist,
gehört Ihnen. Warum brauchte ich also Ihren
Namen zu wissen? Auch kannte ich ihn, ehe Sie
mir ihn nannten.

Valjean.

Sie wußten, wer ich bin?

Myriel.

Ja, mein .. Bruder.

Valjean.

Ich hatte argen Hunger als ich eintrat, aber,
sehen Sie, Sie sind so gütig gegen mich, daß er
mir ganz vergangen ist.

Myriel.

Trinken Sie ein Glas von dem alten Weine da; er wird Sie stärken. Ich und meine Schwester trinken nicht Wein.

Valjean.

Die Müdigkeit überkommt mich doch. Haben Sie in Ihrem Hofe nicht einen Stall, in dem ich schlafen könnte?

Myriel.

Frau Magloire, überziehen Sie das Bett im Alkoven. (Frau Magloire geht durch die zweite Thür rechts.)

Valjean.

Ein Bett! Für mich? Ein ordentliches Bett? Seit neunzehn Jahren habe ich nicht in einem Bett geschlafen, seit neunzehn Jahren und ich bin sechsundvierzig Jahre alt.

Myriel.

Sie haben viel gelitten?

Valjean.

Ja, viel habe ich gelitten! (Ingrimmig.) Viel! Die Züchtlingskleidung, die Kugel am Fuße, ein Bret zum Schlafen, Hitze, Kälte, schwere Arbeit, Schläge, die doppelte Kette für gar nichts, Kerker wegen eines Wortes und die Kette selbst in der Krankheit! neunzehn Jahre lang! Und nun habe ich den Züchtlingspaß!

Myriel.

Sie kommen von einem Orte der Trauer, aber im Himmel wird mehr Freude sein über einen Sünder, der Buße thut, als über neunundneunzig Gerechte. (Valjean schüttelt finster den Kopf. Frau Magloire kommt zurück, deckt ab und thut das Silbergeschirr in den Schrank).. Aber es wird spät; Sie bedürfen des Bettes.

Baptistine.

Gute Nacht, Bruder.

Myriel.

Gute Nacht, Schwester. (Fräulein Baptistine und Frau Magloire gehen die Treppe links hinauf.) Auch Ihnen, Herr Valjean, wünsche ich eine gute Nacht. Ehe Sie morgen früh aufbrechen, trinken Sie eine Tasse warme Milch.. Da ist mein Zimmer, dort das Ihrige.

Valjean.

Schönen Dank! (Er kehrt nach einigen Schritten um.) Sie behalten mich wirklich in Ihrem Hause, in Ihrer Nähe? Haben Sie das wohl bedacht? Wer sagt Ihnen, daß ich Sie nicht ermorde?

Myriel.

Ich habe Sie nicht gefragt.

Valjean.

Ja, wer sagt Ihnen, daß ich Sie in dieser Nacht nicht ermorde? Sie sind gut, sehr gut, aber ich

2

bin ein Bösewicht, „ein sehr gefährlicher Mensch", wie mein Paß sagt. Vielleicht nicht einmal ein Mensch, sondern ein wildes Thier, eine Bestie. Und losgelassen, frei! In mir und um mich her ist alles schwarze Finsterniß. Wenn ich in der Nacht thue, — ich habe gesagt: vorgesehen! Wenn Sie sich nicht vorsehen . . .

Myriel.

Das ist Gottes Sache. (Valjean macht eine trotzige Geberde und geht.)

Dritter Auftritt.

Myriel, allein.

Auch ich bin müb' und schläfrig. (Er setzt sich nachdenklich nieder.) Der arme Mann! Ist es wahr, ist es möglich, daß nichts Menschliches mehr in ihm ist? Es kann nicht sein! Mein Gott, du legst einen Funken in uns, etwas Göttliches, das in dieser Welt nie ganz verlischt und in jener Welt unsterblich ist. Freilich glaubt man oft, nur ein Blitz vom Himmel könne jene Funken neu beleben. Vor einem Kranken, der athemlos und ohne Bewegung daliegt, sagt der Arzt: nur der Himmel kann noch helfen. Ach, Noth und Elend! Auch ich leide unter all dem Elende, das ich nicht lindern kann. (Er schläft allmälig ein.)

Vierter Auftritt.

Myriel (schlafend), Valjean.

Valjean (mit einem Brecheisen in der Hand, macht leise die Thür auf und bleibt horchend stehen, dann tritt er vorsichtig in das Zimmer herein, kommt bis zu Myriel und betrachtet ihn zitternd. Nach einer kleinen Pause nimmt er wie unwillkürlich mit der linken Hand die Mütze ab. Dann sieht er nach dem Schranke, in welchem das Silberzeug verschlossen ist.)

Das Silber ist doppelt so viel werth als was ich in zwanzig Jahren verdient habe.

(Er setzt rasch entschlossen die Mütze wieder auf, tritt an den Schrank, macht ihn auf, nimmt das Silbergeschirr, steckt es in seinen Tornister, geht rasch nach der Thür und entflieht.)

Fünfter Auftritt.

Myriel (schlafend). Frau Magloire (kommt die Treppe herunter).

Frau Magloire (rasch herbeikommend).
Die Thür ist offen! Ach, und der Schrank! Unsere silbernen Löffel. (Sie läuft zu dem Schranke.) Sie sind fort!

Myriel (erwachend).
Was giebt's, Frau Magloire?

Frau Magloire
(zeigt auf das leere Löffelkörbchen).

Die Löffel! Der Mann! Er ist fort! Er hat uns bestohlen! (Laut) Diebe!

Myriel.

Das Silber gehörte doch eigentlich den Armen und der Mann war arm, sehr arm.

Frau Magloire.

Womit sollen Sie nun essen? (Es entsteht Lärm draußen.)

Sechster Auftritt.

Die Vorigen. Ein Gendarm, der Valjean zurückbringt.

Gendarm.

Nur herein, Spitzbube!

Myriel.

Ach, da sind Sie ja wieder! Ich hatte Ihnen doch auch die Leuchter geschenkt, die auch von Silber sind! Warum nahmen Sie diese nicht mit sich?

Valjean (bestürzt).

Wie?

Gendarm.

Es ist also wahr was er sagte? Ich sah ihn hier fortschleichen und hielt ihn fest. Er hatte das Silber bei sich.

Myriel.

Und er sagte, daß es ihm ein alter Mann geschenkt, bei dem er zu Abend gegessen? Sie glaubten ihm nicht? Er hatte die Wahrheit gesagt.

Gendarm.

So kann ich ihn laufen lassen?

Myriel.

Gewiß.

Valjean.

Man läßt mich frei?

Gendarm.

Ja, hörst Du es nicht?

Myriel.

Guter Freund, ehe Sie gehen, nehmen Sie die Leuchter. Da sind sie. (Valjean nimmt mechanisch die Leuchter. Zu dem Gendarmen) Sie können gehen. (Der Gendarm entfernt sich grüßend. Auf Valjean zugehend.) Vergessen Sie nicht, vergessen Sie nie, daß Sie mir versprochen haben, dies Silber zu verwenden, ein braver Mensch zu werden.

Valjean.

Ich?..

Myriel.

Valjean, mein Bruder, Sie gehören nicht mehr dem Bösen, sondern dem Guten an. Ich habe Ihre Seele gekauft; ich entziehe sie den finstern Gedanken und dem Geist des Verderbens und übergebe sie Gott.

Drittes Bild.*

Der kleine Gervais.

Weg in öder Ebene.   Aufgehende Sonne.   Im Hintergrunde die Alpen.

Erster Auftritt.

Valjean, allein.

(Er kommt raschen Schrittes daher, sieht entsetzt hinter sich
und bleibt dann stehen.)

Ah!.. Was soll das Alles bedeuten? Wer
daraus klug würde! Um mich her ist alles dunkel.
„Sie haben mir versprochen..“ Ich habe nichts
versprochen, gar nichts. Bestohlen hatte ich den
Mann und ich wußte wohl was ich that. Es war
Silber. Der Gendarm wußte auch was er that.
Ich hätte eingesperrt werden sollen. Habe ich
darum gebeten, freigelassen zu werden? Warum
mischen Sie sich in meine Angelegenheiten?..
Ah! Mir wird ganz wunderlich. Ich möchte weinen und kann nicht. (Er setzt sich auf einen Grenzstein)
Blumen! Eben solche sah ich in der Heimath als
ich klein war... Solche Dinge verwirren Einem
den Kopf, wenn man sie nicht erwartet. Ich war

---

*) Kann bei der Aufführung wegbleiben.

ruhig, hatte gestohlen und kam in das Gefäng=
niß .. Warum stört man mich? (Er versinkt in
düsteres Grübeln. Man hört einen Savoyardenknaben
singen und es erscheint der kleine Gervais, der Geld=
stücke mit der einen Hand empor wirft und sie wieder auf=
fängt. Als er an dem Grenzsteine vorüber geht, entfällt
ihm ein Geldstück und rollt bis zu Valjean, der rasch den
Fuß darauf setzt.)

Zweiter Auftritt.

Valjean. Der kleine Gervais.

Der Kleine.
Herr, mein Geld?

Valjean.
Wie heißest Du?

Der Kleine.
Der kleine Gervais.

Valjean.
Geh Deinen Weg.

Der Kleine.
Geben Sie mir mein Geldstück, Herr, mein
Geldstück, mein Silberstück! Ich will mein Geld
wiederhaben!

Valjean
(richtet den Kopf empor und greift nach dem Stocke).
Wer da?

Der Kleine.
Ich bin's, der kleine Gervais. Geben Sie mir

mein Geld wieder, ja? Nehmen Sie Ihren Fuß weg, wollen Sie? (Unwillig) So nehmen Sie doch den Fuß weg!

Valjean

(steht auf, läßt aber den Fuß noch immer auf dem Geldstücke).

Bist Du noch immer da? Willst Du Dich nun trollen?

Der Kleine (sehr erschrocken).

Ah! Ah! Ich wußte nicht ... (Er läuft schnell davon.)

Dritter Auftritt.

Valjean, dann ein Vorübergehender.

Valjean

(kommt zur Besinnung, nachdem er einige Augenblicke un=beweglich dagestanden hat).

Es ist kalt. Weiter gehen! (Er greift an seiner Blouse herum, sie zuzuknöpfen, bückt sich, um seinen Stock aufzuheben und erblickt das Geldstück. Verwundert) Was ist das? (Besinnt sich) Oh! Oh! (Er hebt das Geld auf, sieht sich nach allen Seiten um und ruft laut nach allen Richtungen hin) Kleiner Gervais! Kleiner Gervais! (Es kommt Jemand und Valjean läuft ihm entgegen.) Sind Sie nicht einem Knaben begegnet?

Der Vorübergehende.

Nein.

Valjean.

Dem kleinen Gervais?

Der Vorübergehende.

Ich habe Niemanden gesehen.

Valjean.

Den kleinen Gervais. Vielleicht aus einem der Dörfer in der Nähe?

Der Vorübergehende.

Wahrscheinlich ist es ein fremdes Kind. Wenn es von hier wäre, würde ich es kennen.

Valjean
(nimmt ein Thalerstück aus seinem Beutel).

Herr ... für Ihre Armen! Herr, es war ein Knabe von etwa zehn Jahren mit einem Murmel= thiere, glaube ich. Wohl ein kleiner Savoyarb?

Der Vorübergehende.

Ich habe ihn nicht gesehen.

Valjean
(nimmt hastig noch zwei Thaler).

Für Ihre Armen.

Der Vorübergehende.

Ich danke Ihnen.

Valjean.

Herr ... lassen Sie mich arretiren, ich bin ein Dieb.

Der Vorübergehende (erschrocken).

Was ist mit dem Mann? (Er geht rasch weiter.)

Valjean (ruft).

Kleiner Gervais! Kleiner Gervais! (Sehr sanft) Kleiner Gervais! (Sinkt weinend auf den Stein.) Ach, ich bin ein Elender!

Erste Abtheilung.

~~~~~

Fantine.

Personen der ersten Abtheilung.

～～～～

Madeleine.

Javert.

Fauchelevent.

Thenardier.

Drei Sträflinge.

Der Präsident der Assisen.

Ein Advokat.

Ein Gerichtsdiener.

Ein Arzt.

Fantine.

Eine barmherzige Schwester.

Frau Thenardier.

Frau Victurnien.

Eine Arbeiterin.

Arbeiter und Arbeiterinnen.

Der Schauplatz ist anfangs in Montfermeil, dann in Montreuil und in Arras 1822.

Erſtes Bild.

Zwei Mütter.

Eine Dorfgaſſe. Rechts ein Wirthshaus.

Erſter Auftritt.

Frau Thenardier (ſitzt auf der Thürſchwelle des Wirthshauſes und wiegt ein kleines Mädchen auf den Knieen) und Fantine (die ein ſchlafendes Kind nebſt einer Reiſetaſche trägt).

Fantine.

Haben Sie ein hübſches Kind da, Madame!

Frau Thenardier.

Sie ſind ſehr freundlich. Ich habe auch noch einen halbjährigen Sohn .. drinnen, in der Wiege. Sie haben ja aber auch ein Kindchen. Ruhen Sie doch ein wenig aus, junge Frau. Mein Mann heißt Thenardier und wir haben das Wirthshaus hier.

Fantine (setzt sich).

Müde bin ich freilich. Das Kind ist mir auf dem Arme eingeschlafen. Ich komme aus Paris.

Frau Thenardier.

Ein tüchtiger Weg von Paris bis Montfermeil! Wie heißt denn Ihre Kleine?

Fantine.

Cosette. Sie geht in's dritte Jahr.

Frau Thenardier.

Wie meine Eponine. Und wohin gehen Sie?

Fantine.

Ich will in meine Heimath, Montreuil, um mir dort Arbeit zu suchen.

Frau Thenardier.

Arbeit suchen? Wo ist denn der Vater Ihrer Kleinen?

Fantine (verlegen).

Der Vater? . . .

Frau Thenardier.

Ja, Ihr Mann?

Fantine.

Mein Mann! (Sie läßt den Kopf sinken.)

Frau Thenardier.

Ich sehe schon, wie's steht. Armes junges Blut! Immer die alte Geschichte! Die Männer! Da schmeicheln sie, versprechen die Ehe und Alles und lassen das Mädchen sitzen mit einem Kinde und dem Ziehgelde auf dem Halse!

Fantine.

Ich konnte wenigstens meine Kleine selbst näh=
ren. Es hat mich freilich angegriffen und ich
huste.

Frau Thenardier.

Ja, Sie sehen kränklich aus und wollen arbeiten?

Fantine.

Ich habe guten Muth, seit ich erfahren, daß in
Montreuil ein Mädchen jetzt hübsches Geld ver=
dienen kann. Ein fremder Herr, Madeleine heißt
er, hat da eine Fabrik angelegt und ist in fünf oder
sechs Jahren ein reicher Mann geworden. Er
machte eine neue Erfindung in den Glasperlen und
die Fabrik, die sonst kaum 50 Leute beschäftigte,
giebt jetzt Tausenden Brod. Dahin gehe ich und
man wird mich gewiß annehmen.

Frau Thenardier.

Ich will es Ihnen wünschen.

Fantine.

Glauben Sie, daß man mich nicht annimmt?

Frau Thenardier.

Man kann nicht wissen.

Fantine.

Wohl wegen meines Kindes? Weil ich das
mitbringe? Das habe ich mir selbst auch schon ge=
sagt. Vielleicht ist's unklug, wenn ich sage, daß der
Engel mein ist.

Frau Thenardier.

Man wird darüber reden.

Fantine.

Ich kann aber doch mein Kind nicht im Stiche lassen! Ich habe Niemanden in der Welt als den armen kleinen Engel. Sie haben Ihr Kleines gewiß so lieb wie ich das meinige und Sie sehen aus wie eine gute Frau; sagen Sie selbst: kann eine Mutter ihr Kind weggeben?

Frau Thenardier.

In Ihrer Lage, wenn man seinen Fehltritt verbergen muß und Arbeit sucht, ist's freilich etwas Anderes. Da giebt man das Kind zu guten Leuten, die es warten und pflegen, die man dafür bezahlt.

Fantine.

Glauben Sie, daß Jemand das meinige gut wartete und pflegte?

Frau Thenardier.

Wie Sie reden! So ein Kindchen macht ja keine große Mühe.

Fantine.

Ich könnte doch mein Kind niemals von mir geben.

Frau Thenardier.

So nehmen Sie es mit sich.

Fantine.

Und wenn man mich in der Heimath doch nicht annähme? Arbeit muß ich finden — um der Kleinen willen.

Frau Thenardier.

Ich rathe Ihnen, nehmen Sie das Kind nicht mit sich.

Fantine.

Ach, schweigen Sie! Ich gehe, denn wenn ich Sie noch länger anhörte... (Sie steht auf und will weiter gehen.) Leben Sie wohl!

Frau Thenardier.

Gute Verrichtung! (Sie sieht liebevoll ihr Kind an und küßt es.) Gott sei Dank, Du wirst nie Noth leiden und hungern.

Fantine (kehrt um).

Hungern! Mein Kind hungern?

Frau Thenardier.

Es ist schon dagewesen, daß solche Kinder verhungert sind.

Fantine.

Großer Gott! Aber wem soll ich mein Kind anvertrauen? (Pause.) Madame, Sie sind Mutter, eine gute Mutter! Wollten, könnten Sie meine Kleine behalten?

Frau Thenardier.

Darüber ließe sich reden.

Fantine.

Auf nicht lange. Ich würde sie bald wiederholen. Ich sehe wohl, daß ich sie weggeben muß.

3

Frau Thenardier.

Sie spielt mit meiner Kleinen und Sie können ganz ruhig sein. Wir würden sie für Geld und gute Worte recht wohl pflegen.

Fantine.

Wie viel verlangten Sie wohl?

Die Stimme Thenardier's
(drinnen im Hause).

Weniger nicht als 7 Francs monatlich und ein halbes Jahr vorausbezahlt.

Frau Thenardier.

Sechs mal sieben ist zweiundvierzig.

Fantine.

Das will ich geben.

Die Stimme Thenardier's.

Und 15 Francs für die ersten Kosten.

Frau Thenardier.

Im Ganzen siebenundfünfzig Francs.

Fantine (zieht ihre Börse).

Da ist das Geld. Ich habe 80 Francs. Es bleibt mir noch genug zur Reise, ... zu Fuß.

Die Stimme Thenardier's.

Hat die Kleine auch Kleider und Wäsche?

Frau Thenardier.

Es ist mein Mann.

Fantine.

Gewiß hat die liebe Kleine Wäsche und Alles.

Ich dachte mir es wohl, daß es Ihr Mann sei.
Gar schön ist das Kind ausgestattet! Ich habe
Alles da in meiner Reisetasche.

Die Stimme Thenardier's.

Das muß hier bleiben.

Fantine.

Freilich gebe ich Ihnen Alles. Ich werde doch
mein Kind nicht nackt gehen lassen!

Frau Thenardier.

So geben Sie mir das Kind.

Fantine
(übergiebt ihr Kind der Frau Thenardier.)

Daß es nur nicht aufwacht! Noch einen Kuß
muß ich ihm geben! (Sie küßt es.) Sie werden mir
die Kleine doch nicht verziehen? Sie haben die
Kinder lieb, das sieht man. Meine liebe Cosette!
Einen Augenblick muß ich sie noch nehmen; Sie
erlauben es doch? (Sie nimmt das Kind wieder, küßt
es wiederholt und reicht es dann der Frau Thenardier.)
Und das Kinderzeug! Das vergaß ich ganz!
(Sie öffnet die Reisetasche und nimmt Kindersachen heraus.)
Da ist allerlei, Frau Thenardier, gestickte Mütz-
chen mit Bändern, und seidene Kleidchen, wie für
eine vornehme Dame, und Strümpfchen, kurz alles
wie für ein reiches Kind! ... Es war doch ein
rechtes Glück, daß ich Sie traf. Nun ist alles in
Ordnung, nicht wahr? Ich danke Ihnen sehr.
Meine Cosette wird es gut haben, besser als bei

mir und ich wandere ruhig, viel ruhiger weiter. Noch ein Küßchen, noch ein einziges! (Sie fängt an zu weinen, küßt das Kind leidenschaftlich und geht dann schnell hinweg.)

Zweiter Auftritt.*

Thenardier und seine Frau.

Thenardier (tritt in die Thür).

Nun hab ich das Geld für den Wechsel, der morgen fällig ist. Weißt Du, daß ich ihn nicht hätte bezahlen können? Du hast einen guten Fang gemacht!

Frau Thenardier.

Ohne es zu wissen.

Zweites Bild.

Erfolge einer Frau, die auf guten Lebenswandel hält.

Vor der Fabrik Madeleine's in Montreuil. Eine Vorstadtgasse, die eben nivellirt und gepflastert wird. Rechts über einigen Stufen die Flügelthür zu dem Arbeitssaal der Frauen. In der Mitte das Krankenhaus. Weiterhin die Thür zum Arbeitssaal der Männer. Ein abgespannter, mit Steinen beladener Wagen, dessen Hintertheil man nur

* Kann wegbleiben.

sieht, nimmt einen Theil der Gasse ein. Steinsetzer und Javert, der sie beaufsichtigt. Es wird geläutet. Arbeiter und Arbeiterinnen kommen nach einander aus der Fabrik. Frau Victurnien, die rasch von links her kommt, trifft auf einige Arbeiterinnen.

Erster Auftritt.

Frau Victurnien und Arbeiterinnen.

Eine Arbeiterin
(zu Frau Victurnien).

Nun, Madame, da sind Sie ja wieder! Was haben Sie erfahren?

Frau Victurnien.

Eben komme ich von Montfermeil. Die Reise hat mich Geld gekostet, nun weiß ich aber auch Alles von der Fantine. Wenn's auf guten Lebenswandel ankommt, sehe ich weder Geld noch Mühe an. Ist die Frau Vorsteherin da?

Eine Arbeiterin.

Ja.

Frau Victurnien.

Das ist mir lieb. (Sie geht durch die Thür des Saales der Arbeiterinnen. Fantine kommt mit einer andern Arbeiterin heraus.)

Zweiter Auftritt.

Fantine und eine Arbeiterin.

Fantine.

Seit ich in der Fabrik des Herrn Madeleine aufgenommen wurde, fühle ich mich ruhig und bin zufrieden. Das macht die Arbeit.

Die Arbeiterin.

Und die Rechtlichkeit.

Fantine.

Wenn man seinen Unterhalt hat, ist es leicht, rechtlich zu sein.

Die Arbeiterin.

Es giebt doch Manchen in der Stadt, reiche Leute, die Ihnen nachgehen und Sie selbst an Orten suchen, wo Sie nicht sind, im Theater, auf der Promenade, auf Bällen. Als wenn ein Mädchen wie Sie dem Vergnügen nachginge!

Fantine.

Vergnügen sucht man nur, wenn man unglücklich ist und ich bin doch beinahe glücklich.

Arbeiterin.

Beinahe? (Sie gehen weiter.)

Dritter Auftritt.

Javert, Steinsetzer und Arbeiter, die hin
und her gehen.

Javert (zu den Steinsetzern.)

Laßt's jetzt gut sein und eßt auch einige Bissen,
kommt aber schnell wieder. Die Arbeit muß bald
fertig werden.

Ein Steinsetzer.

Es hat seit zwei Tagen so sehr geregnet, Herr
Inspector.

Ein Anderer.

Und der alte Fauchelevent läßt auch noch seinen
Wagen mitten auf der Straße stehen.

Javert
(zu einem Jungen, der auch aus der Fabrik kommt).
He, Du!

Der Junge
(legt die Hand an die Mütze).
Herr Inspector?

Javert.

Rufe mir einmal den alten Fauchelevent her.

Der Junge.

Der immer auf den Herrn Maire schimpft?
Kenne ich nicht.

Ein Arbeiter (lachend).

Sehen Sie, Herr Inspector, wir alle können
Die nicht leiden, welche gegen Herrn Madeleine
sind, unsern guten Herrn.

Ein Anderer.

Unsere Vorsehung, kann man sagen. (Sie gehen.
Fauchelevent kommt.)

Vierter Auftritt.

Javert, Fauchelevent, andere Arbeiter, die
vorüber gehen.

Fauchelevent.

Immer ihr Madeleine, ihr Götze!

Javert (zeigt auf den Wagen).

Wenn der Wagen noch ein paar Schritte weiter
kommt, sinkt er ein und ist nicht von der Stelle zu
bringen.

Fauchelevent.

Ich werde ihn schon wegschaffen! — Vor acht
Jahren hatte ich auch eine Fabrik. Er macht die
Gegend reich; ja, aber mich ruinirte er mit seiner
Erfindung und ich habe wohl das Recht, den Herrn
Madeleine zu verwünschen, den alle verehren.

Javert (für sich).

O nicht alle!

Fauchelevent.

Man nennt ihn den Wohlthäter, er hat eine Kleinkinderbewahranstalt, ein Armen= und ein Krankenhaus errichtet. Er ist so gütig, nun ja, so gütig.

Javert (für sich).

Zu gut ist er, gut gegen die Schlechten. Wirk= lich brave Leute sind nicht so gar gütig. (Zu einigen Arbeitern.) Wer hilft dem Fauchelevent da den Wagen fortschaffen?

Ein Arbeiter.

Wir haben keine Zeit.

Ein Anderer.

Warum schimpft er immer auf Herrn Ma= deleine!

Fauchelevent.

Ich hab's keinen Hehl, er ist mir ein Dorn im Auge und ich hasse ihn mehr als irgend einen an= dern Menschen und er weiß es auch.

Javert.

Nur vier Mann und tüchtig zugegriffen!

Fauchelevent.

Ich brauche Niemanden. (Er kriecht unter den Wagen.) Ihr sollt sehen, daß ich meinen Wagen allein bewege. Wir kennen einander. Seht Ihr!

Javert.

Der Wagen fällt um. Holt eine Winde, schnell!

Fauchelevent
(auf den der Wagen gefallen ist).

Zu Hilfe!

Javert.

Er ist verloren.

Fünfter Auftritt.

Die Vorigen. Madeleine.

Madeleine.

Fünf Louisd'or dem, welcher den Armen rettet!

Alle.

Herr Madeleine!

Madeleine.

Kinder, es ist noch Platz genug unter dem Wagen, daß Einer darunter kriechen und ihn mit dem Rücken heben könnte .. Zehn Louisd'or!

Ein Arbeiter.

's ist zu viel gewagt, Herr Maire.

Ein Anderer.

Man wagt selbst das Leben.

Fauchelevent.

Hilfe! Hilfe!

Madeleine.

Zwanzig Louisd'or!

Ein Arbeiter.

An gutem Willen fehlt's nicht.

Javert (sieht Madeleine scharf an).

An Kraft. Es gehört furchtbare Stärke dazu, einen solchen Wagen mit dem Rücken zu heben. Herr Maire, ich habe nur einen einzigen Mann gekannt, der so etwas hätte thun können.

Madeleine (mit einem Blicke auf Javert).

Ah!

Javert.

Es war ein Sträfling.

Madeleine.

So?

Javert.

In Toulon.

Fauchelevent.

Ich ersticke! Ich werde zerquetscht!

Javert.

Nur den Einen, den Sträfling, habe ich gekannt, der eine Winde hätte ersetzen können.

Madeleine (mit traurigem Lächeln).

Nun, Gott wird helfen! (Er kauert sich nieder und kriecht unter den Wagen. Allgemeines Entsetzen.)

Die Arbeiter (drängen sich um den Wagen).

Herr Madeleine! Thun Sie es nicht!

Javert (ganz gelassen).

Der Wagen hebt sich.

Die Arbeiter.

Mit zugegriffen! (Der Wagen wird durch allgemeine Hilfe gehoben und Fauchelevent hervorgezogen. Madeleine richtet sich auf.)

Madeleine.

Tragt den Armen in das Krankenhaus und melbet es der barmherzigen Schwester.

Fauchelevent.

Herr Madeleine, Sie haben mich gerettet, Sie? Die Leute haben Recht, Sie sind der beste Mensch. Jetzt kenne ich Sie.

Javert

(halblaut und mit einem Blicke auf Madeleine).

Ich auch! (Nach links ab. Die Arbeiter tragen Fauchelevent fort und Madeleine folgt ihnen. Die Arbeiterinnen kommen in die Fabrik zurück, auch Fantine. Als sie in die Thür tritt, erscheint in derselben die Aufseherin.)

Sechster Auftritt.

Fantine, die Aufseherin, dann Madeleine und die Arbeiter.

Die Aufseherin (zu Fantine).

Sie gehören nicht mehr zur Fabrik.

Fantine (zurückweichend).

Wie, Frau Aufseherin?

Die Aufseherin.

Sie gehören nicht mehr zur Fabrik.

Fantine.

Mein Gott!

Die Aufseherin.

Wir wissen nun, warum Sie alle Wochen nach Montfermeil schreiben.

Fantine (bestürzt).

Ah, Sie wissen ..?

Die Aufseherin.

Hier sind 50 Francs, die ich Ihnen im Namen des Herrn Madeleine übergebe. (Sie legt Geld in die Hand Fantine's, welche es mechanisch nimmt.)

Fantine.

Herr Madeleine also entläßt mich?

Die Aufseherin.

Herr Madeleine kümmert sich nicht um das, was im Saale der Arbeiterinnen vorgeht. Nicht Herr Madeleine entläßt sie, sondern die Fabrik= ordnung. (Sie geht in das Haus zurück.)

Fantine.

Ach, haben Sie Erbarmen! Entlassen Sie mich nicht! Ich kann ja nur hier mein Brod verdienen. Was soll aus meiner kleinen Cosette werden? Ma= dame, wenn Sie mich entlassen, stehe ich hilflos in der Welt! Was soll aus mir werden? (Die Auf= seherin macht die Thür zu, Fantine wankt einige Schritte auf der Bühne hin und betrachtet bestürzt das Geld, das sie in der Hand hat.) Was nachher?! (Als sie fortgehen will, kommt Madeleine, von Arbeitern begleitet, zurück.)

Die Arbeiter.

Es lebe Herr Madeleine!

Fantine

(mit zornigem Blick auf Madeleine).

O dieser Madeleine! (Links ab.)

Siebenter Auftritt.

Madeleine. Die Arbeiter.

Madeleine.

Ich danke Euch, gute Leute. Der Mann wird gerettet werden ... Geht nun. Es ist Arbeitszeit.

Die Arbeiter.

Herr Madeleine soll leben! (Sie gehen in das Haus.)

Madeleine (nachdenklich).

Alle lieben mich hier bis auf einen Einzigen, diesen Javert. Mein Leben ist erfüllt, ja, und doch fühle ich hier eine Leere (er legt die Hand auf die Brust). Was fehlt mir denn? Warum fühle ich mich einsam unter all' den Leuten, die mich ver=ehren wie einen Vater?

Drittes Bild.

Ein Sturm in einem Kopfe.

Das Zimmer Madeleine's. Feuer in dem Kamin. Auf dem Kamin zwei silberne Leuchter.

Erster Auftritt.

Fauchelevent, die barmherzige Schwester Simplice (schreibend).

Fauchelevent.

Schwester Simplice, Alle wissen, daß Sie lieber sterben als eine Lüge sagen würden; wenn Sie aber in dem Briefe da meinen Unfall der Frau Superiorin des Klosters melden, in das man mich schicken will …

Simplice.

Nun?

Fauchelevent.

Ich habe doch noch immer, wie Sie wissen, eine Schwäche in dem Beine; bei den Arbeiten im Garten hindert das mich nicht und gelogen wäre es wohl auch nicht, wenn Sie nichts davon erwähnten.

Simplice.

Doch! Wer nicht die ganze Wahrheit sagt, sagt eben nicht die Wahrheit. Sie werden übrigens in dem Kloster keine schwere Arbeit haben. Ich schreibe der Frau Superiorin hauptsächlich, daß Sie ein braver, würdiger Mann und voll Dankbarkeit gegen Die sind, welche Ihnen wohlthaten.

Fauchelevent.

Ach ja! Ich könnte nun mein Leben für Herrn Madeleine hingeben.

Simplice.

Hier ist denn der Brief an die Frau Superiorin und da das, was ich Ihnen im Namen des Herrn Madeleine vor Ihrer Abreise nach Paris übergeben soll. (Sie giebt ihm den Brief und eine Banknote.)

Fauchelevent.

Tausend Francs!?

Simplice.

Damit kauft Ihnen Herr Madeleine Ihren Wagen und Ihr Pferd ab.

Fauchelevent (lächelnd).

Oh, Sie sind ja die Wahrheit selbst, glauben Sie denn, daß mein lahmer Gaul und mein zerbrochener Wagen so viel werth sind?

Simplice.

Für Sie nicht, wohl aber für Herrn Madeleine. Nehmen Sie nur das Geld, Sie haben es verdient, weil Sie Herrn Madeleine Gelegenheit gaben, eine gute That zu thun!

Fauchelevent.

Soll ich mir denn alle Thränen aus meinen alten Augen weinen! (Man hört Lärm draußen.)

Simplice.

Was giebt es?

Fauchelevent (tritt an das Fenster).

Es scheint eine Schlägerei zu sein oder ein Carnevalspossen.

Zweiter Auftritt.

Die Vorigen, Fantine (in einem verschossenen und zerrissenen Domino, dessen Kapuze sie über den Kopf gezogen hat), Javert, dann Madeleine und nachdrängende Leute.

Fantine.

Mein guter Herr!

Javert.

Sie sind hier in Arbeit gewesen? Sie? Eine Arbeiterin des Herrn Madeleine führte ein solches Leben und gäbe solch' Aergerniß? Der Herr Maire selbst wird mir sagen, warum Sie nicht mehr bei ihm sind.

Fantine.

Mein Gott!

Javert.

Er kommt bald, nicht wahr, Schwester Simplice?

4

Simplice.

Sogleich. Was ist geschehen?

Fantine.

Mein guter Herr, Sie sollten mich gehen lassen, ehe er kommt. Wahrhaftig, Sie sollten es thun. Sie waren selbst dabei, aber nicht im Anfange. Ich habe mich gegen jenen Herrn gewehrt, ja, und ihm den Hut eingeschlagen, aber Sie wissen nicht, was er mir gethan hat. Ich kam, allein, ganz ruhig, von dem Maskenball, und mit einemmale steckt mir der Herr eine Hand voll Schnee zwischen die Schultern. Darüber erschrak ich. Ich bin nicht recht gesund, sehen Sie, ich huste und habe Schmerz da auf der Brust... Ich hatte den Herrn nicht angeredet, nur ihm dreimal abgeschlagen mit ihm zu tanzen. Das ist alles. Er war wohl etwas angetrunken. Auf der Straße nun erschreckte er mich durch den Schnee. Ich hätte vielleicht nicht heftig werden sollen, aber man kann nicht immer für sich stehen. Denken Sie sich nur, Schnee auf den Rücken, wenn man gar nichts erwartet! Ich gebe es zu, ich habe Unrecht gethan, und ich wollte den Herrn gern um Verzeihung bitten, wenn er nicht fortgegangen wäre.

Javert.

Sie werden das dem Gericht sagen.

Fantine.

Wann?

Javert.

Das weiß ich nicht; in acht oder vierzehn Tagen. Mit einem Monat Gefängniß kommen Sie davon.

Fantine.

Gefängniß! Ach mein Gott, mein Gott! Gefängniß? Wenn ich nur eine Woche darin bin ist alles verloren. Binnen hier und drei Tagen habe ich hundert Francs zu bezahlen, hundert Francs, oder man giebt mir mein Kind, meine Cosette, zurück. Sie ist bei Wirthsleuten, Thenardiers heißen sie, und die nehmen keine Vernunft an. Geld wollen sie haben, Geld ... Ach, nicht in das Gefängniß! Was sollte aus meiner Kleinen, aus meinem lieben Engelchen, werden? Nicht in das Gefängniß! Denken Sie sich, wenn man die Arme mitten im Winter auf die Straße hinausstieße! Sie kann sich ja noch gar nicht selbst helfen. Haben Sie Erbarmen, mein guter Herr Inspector.

Simplice.

Ja, haben Sie Mitleid.

Javert.

Mitleid mit einem Frauenzimmer, das nichts werth ist und die Leute anfällt? In's Gefängniß mit ihr! (Madeleine tritt ein.) Da kommt Herr Madeleine, wir wollen sehen, ob er Ihnen loshilft.

Fantine.

In's Gefängniß soll ich gehen? Da will ich denn mit Ihrem tugendhaften Herrn Madeleine

4*

reben! Er, bie Auffeherin in seiner Fabrik, hat mich vor einem halben Jahre entlassen. Er ist schulb, baß ich der Schanbe verfallen bin; an allem ist er schulb. Weil ich ein Kinb hatte! Ist das nicht ein Gräuel? Ich arbeitete unb war ehrlich. Dann konnte ich nichts mehr verbienen unb das Unglück war ba. Ja, wenn Faulheit ober Gefall= sucht mich bahin gebracht hätte, baß ich nicht mehr bin was ich war! Aber nein, weil ich meine kleine Cosette hatte! .. Unb nun ist bas Kinb krank ge= worben ba, wo es ist .. Ist nicht ber ba (sie zeigt auf Mabeleine) an Allem schulb? Ich habe Alles ver= kauft, mein letztes Kleib, sogar mein Haar (sie schlägt bie Kapuze bes Dominos zurück unb faßt mit beiben Hänben ihr kurzes Haar, in bem sich einige zerbrückte künstliche Blumen befinben) .. Wenn ich benn einmal in bas Gefängniß gehen, wenn ich umkommen, wenn mein Kinb sterben soll, so will ich auch vor bem Herrn Maire alles aussprechen, ihn beschimpfen, ihn einen Unmenschen nennen unb ihm meine Schanbe in bas Gesicht werfen! (Sie reißt bie Blumen aus bem Haar unb wirft sie Mabeleine in bas Gesicht.)

Madeleine.

Inspector Javert, lassen Sie bas Mäbchen frei.

Fantine (erstaunt).

Was sagt er?

Javert.

Ich habe wohl nicht recht gehört, Herr Maire?

Madeleine.

O doch. Ich verbürge mich für das Mädchen.

Javert.

Ich bitte um Vergebung, Herr Maire, das dürfte nicht angehen. Sie hat sich auf der Straße thätlich vergangen an einem Herrn.

Madeleine.

Inspector Javert, ich kam eben an, als Sie die Person fortführten. Es standen noch Leute da, ich erkundigte mich und habe alles erfahren. Der Herr trug die Schuld.

Javert.

Die Person da hat Sie selbst insultirt.

Madeleine.

Das ist meine Sache.

Javert.

Ich bitte um Entschuldigung, es ist auch Sache der Justiz. Die Person hat sechs Monate Gefäng= niß verdient.

Madeleine.

Sie wird nicht einen Tag bekommen, sage ich.

Javert.

Erlauben Sie, Herr Maire ..

Madeleine.

Kein Wort mehr!

Javert.

Ich möchte doch ..

Madeleine.

Gehen Sie! (Javert geht.)

Fantine.

Was ist das? Sie geben mir die Freiheit? Sie?

Madeleine.
(faßt ihre Hände).

Schwester Simplice, sie ist krank, sehr krank. Haben Sie im Krankenhause ein Zimmer frei?

Simplice.

Ja, Herr Madeleine.

Fantine.

Träume ich?

Madeleine.

Von dem was Sie sagten, wußte ich nichts; es wird aber wohl wahr sein. Es war mir unbe= kannt, daß Sie nicht mehr bei mir arbeiten, aber hören Sie: ich bezahle Ihre Schulden und lasse Ihr Kind hierher kommen, oder Sie zu ihm reisen. Sie können hier, in Paris wohnen oder wo Sie wollen. Ich sorge für Sie und Ihr Kind. Sie werden wieder brav werden, wenn Sie wieder glücklich sind. Ja, wenn Sie alles das gelitten haben, wie Sie sagten, woran ich nicht zweifle, so haben Sie die Gnade Gottes nie verloren. Armes Kind!

Fantine.

Ist es wahr? Gott im Himmel, ist es möglich? (Sie fällt auf die Kniee, ergreift die Hände Madeleine's, drückt sie an ihre Lippen und sinkt ohnmächtig nieder.)

Madeleine.

Greift zu und helft sie forttragen. Schwester Simplice, nach einer Stunde werde ich selbst nach ihr sehen. (Fantine wird fortgetragen und Madeleine bleibt allein) — Das war ein guter Tag! Mutter und Kind! Ein Leben zu schützen, eine Seele zu retten! Herz, freue dich, du kannst etwas thun!

Dritter Auftritt.

Madeleine, Javert.

Madeleine.

Was giebt es, Javert?

Javert.

Herr Maire, es ist ein Vergehen begangen worden.

Madeleine.

Welches Vergehen?

Javert.

Ein Diener der Behörde hat sich gegen seinen Vorgesetzten schwer vergangen. Es ist meine Pflicht, Ihnen davon Anzeige zu machen.

Madeleine.

Wer ist der Diener?

Javert.

Ich bin es.

Madeleine.

Sie? Und der Vorgesetzte?

Javert.

Sie, Herr Maire.

Madeleine.

Sie haben sich gegen mich vergangen, Javert? Wann?

Javert.

Ich komme um Sie zu ersuchen, meine Absetzung als Polizeiinspector zu veranlassen. Ich könnte um meine Entlassung bitten, aber um die Entlassung bitten ist ehrenvoll. Ich muß abgesetzt werden.

Madeleine.

Ich begreife Sie nicht.

Javert.

Sie werden mich begreifen. Herr Maire, ich habe Sie nie geliebt. In den zehn Jahren, die ich hier bin, nahmen Sie immer Partei für die, welche gefehlt hatten, löseten Leute aus, die wegen Schulden saßen, verbürgten sich für kleine Vagabonden, was weiß ich? Eben noch die Sache mit dem Mädchen. Herr Maire, es ist eine falsche Gutmüthigkeit, den Untern gegen die Obern Recht zu geben. Sie haben diese Gutmüthigkeit; ich bin nur gerecht und liebe Sie nicht.

Madeleine.

Das steht bei Ihnen.

Javert.

Gewiß, ja, wenn ich mich damit begnügt hätte, Sie nicht zu lieben, aber Herr Maire, ich habe Sie — denuncirt!

Madeleine.

Denuncirt?

Javert.

Ja — als ehemaligen Sträfling. (Pause.) Ich hielt Sie für einen. Eine auffallende Aehnlichkeit, Ihre ungewöhnliche Kraft, was weiß ich selbst? Genug, ich hielt Sie für einen gewissen Valjean.

Madeleine.

Einen gewissen...? Wie sagten Sie?

Javert.

Valjean. Ich hatte ihn vor zehn Jahren in Toulon gesehen. Nachdem er aus dem Zuchthaus gelassen worden ist, hat er wieder gestohlen. Seit acht Jahren sucht man ihn. Ich, ich bildete mir ein .. kurz, ich hab's gethan was ich sagte. Mein Haß trieb mich dazu, ich — denuncirte Sie.

Madeleine.

Und was erhielten Sie zur Antwort?

Javert.

Ich hätte den Verstand verloren.

Madeleine.

Und Sie glauben es auch?

Javert.

Ich muß wohl.

Madeleine.

Wie so?

Javert.

Sie, Herr Maire, sehen zum Verwechseln einem gewissen Champmathieu ähnlich, der kürzlich wegen Obstdiebstahls verhaftet, und von drei Sträflingen als jener Valjean erkannt worden ist. Und gerade da brachte ich meine Denunciation an. Man antwortete mir, Valjean sei in Arras in den Händen der Justiz, beschied mich dahin, führte mir den Menschen vor ...

Madeleine.

Nun?

Javert.

Herr Maire, was wahr ist, ist wahr. Es thut mir leid, aber jener Mann ist der wirkliche Valjean. Ich habe ihn auch erkannt.

Madeleine.

Sind Sie Ihrer Sache gewiß?

Javert (lächelnd).

Ganz gewiß. Seit ich den wirklichen Valjean gesehen habe, begreife ich gar nicht, wie ich Sie für denselben halten konnte. Ich bitte um Verzeihung.

Madeleine.

Und was sagt jener Mann?

Javert.

Hm! Die Sache steht schlecht; er ist rückfällig

und wird lebenslängliches Zuchthaus bekommen. In Arras wird der Prozeß verhandelt. Ich bin als Zeuge berufen.

Madeleine.

Wann reisen Sie?

Javert.

Nächste Nacht. Morgen ist die Verhandlung.

Madeleine.

Und wie lange wird diese dauern?

Javert.

Höchstens einen Tag; morgen gegen Abend wird das Urtel gefällt werden. Das warte ich nicht ab; sobald ich meine Aussage gegeben, reise ich wieder ab; Sie können mich sogleich ersetzen lassen.

Madeleine.

Javert, Sie sind ein Ehrenmann und ich achte Sie. Behalten Sie Ihre Stelle.

Javert.

Herr Maire, darauf kann ich nicht eingehen. Der Dienst verlangt, daß ein Exempel statuirt werde, und ich trage also nochmals auf die Ab= setzung des Polizeiinspectors Javert an. (Er grüßt militairisch und geht.)

Vierter Auftritt.

Madeleine

(allein; er sinkt erschöpft auf einen Stuhl).

Ach! Ist es möglich? Mein Gott! Wohin ist es mit mir gekommen? War Javert wirklich hier und sprach so mit mir? Jemand sollte mir so sehr gleichen? Das ist unerhört! Und gestern, heute noch war ich so ruhig!.. Was soll ich thun? (Er steht auf und geht mit großen Schritten auf und ab.) Soll ich sogleich, diese Nacht noch, nach Arras reisen und mich selbst anzeigen? Ja, so ist's. So= gleich. Zeit hab' ich noch. Ich stehe jetzt vor der großen Prüfung, zwischen meiner Rettung und meiner Pflicht... Ja, die Pflicht muß gethan, jener Mann muß gerettet werden! (Er bleibt stehen.) Aber .. nichts ohne Ueberlegung, ohne reifliche Ueberlegung!. Meine Lage ist eine unerhörte, aber noch habe ich Alles in der Hand... Ent= setzlich ist es! (Er geht an die Thür und schiebt den Riegel vor)... Bedenken wir die Sache bei kaltem Blute. Wenn ich mich angebe, wird jener Mann freigelassen und ich komme wieder in das Zucht= haus. Und dann? Was geschieht hier? Die Stadt? Die Arbeiter? Ich habe Alles geschaffen. Wenn ich nicht mehr bin, fällt Alles zusammen. Und das Mädchen, das so viel gelitten hat, an dessen Unglück ich unwillkürlich schuld gewesen

bin! Das Kind, das ich der Mutter versprochen
habe! Wenn ich fort bin, stirbt die Mutter und
was aus dem Kinde wird, weiß Gott. So wird
es, wenn ich mich anzeige... Ich darf mich
eigentlich gar nicht anzeigen. Es wäre schändlich,
nichtswürdig.. Nein, nein! Ich bin Madeleine
und bleibe Madeleine. Giebt es einen Unglück=
lichen, der jetzt Valjean ist, so mag er zusehen...
Ja, ja, so ist's abgemacht und der Entschluß hat
mir eine Last von der Brust genommen. Und
nun soll auch mit dem häßlichen Valjean ganz und
gar ein Ende gemacht werden. Hier in dem Zim=
mer sogar sind Dinge, welche als Beweise dienen
könnten .. Alles das muß verschwinden! (Er öffnet
einen Wandschrank und nimmt aus demselben eine Blouse,
einen Stock und einen Tornister, dann wirft er, mit einer
raschen Bewegung und ohne hinzusehen, alles in das Feuer.
Als dies geschehen ist, richtet er sich auf und seine Blicke
fallen auf die silbernen Leuchter.) Da ist noch der ganze
Valjean. Auch die Leuchter müssen verschwinden.
(Er nimmt sie und will sie in das Feuer werfen, hält aber
plötzlich inne und stellt sie erschrocken wieder auf den Kamin.)
Ja, thue es nur! Vernichte die Leuchter! Ver=
nichte dieses Andenken! Vergiß den Gerechten!
Vergiß Alles! Laß den Champmathieu zu Grunde
gehen! Recht so! Der arme Mann weiß gar
nicht, was man von ihm will; er ist unschuldig und
dein Name nur lastet auf ihm wie ein Verbrechen;
er wird für dich verurtheilt werden und sein Leben
statt deiner in Entsetzen beschließen! Recht so!

Bleibe du ein achtbarer, angesehener Mann!
Bleibe der Herr Maire! Laß dich verehren, be=
reichere die Stadt, nähre die Armen, erziehe die
Waisen, rette unglückliche Mütter, lebe glücklich,
tugendhaft und bewundert, und während du da
in Glanz und Freude lebst, trägt ein Anderer
deinen Namen in Schmach und Schande, die Kette
im Zuchthause! Ja, so hast du es recht ausgedacht,
Elender, du! (Er sieht sich entsetzt um.) Wer sagt da
„Elender?" (Es schlägt Mitternacht. Pause. Er streicht
mit der Hand über die Stirn, als suche er seine Gedanken
zu sammeln.) Woran dachte ich doch, als es zwölf
Uhr schlug? Ach ja, ich hatte mich entschlossen,
mich anzuzeigen. (Aengstlich.) O, was ich leide! Ich
weiß nicht, die Gedanken verwirren sich mir. . .
Mich anzeigen! (Er wankt entsetzt einige Schritte
zurück.) Großer Gott! Nach dem was ich hier ge=
wesen bin und gethan habe — das Zuchthaus, die
Sträflingskleidung, die Kette am Fuße, harte Ar=
beit . . noch einmal! Mich anstaunen zu lassen von
den Fremden als der berüchtigte Valjean, der als
Madeleine Maire in Montreuil war! . . Es ist
zu viel! Herr, mein Gott, habe Erbarmen! Es
ist ja unmöglich! Herr Gott, was soll ich thun?
(Er sinkt ganz erschöpft auf den Stuhl.)

Viertes Bild.

Vor den Assisen.

Gerichtssaal.

Erster Auftritt.

Der Gerichtspräsident, der Staatsanwalt, der Advokat des Angeklagten, Champmathieu (tritt zwischen zwei Gendarmen ein), Javert (auf der Bank der Zeugen), dann drei Sträflinge.

Der Staatsanwalt
(auf Champmathieu zeigend).

Meine Herren Geschworenen, der Angeklagte, der auf offener Straße bei seinem Vergehen betroffen worden ist, leugnet Alles, seinen Namen, seine Identität. Gleichwohl erkennen ihn vier Zeugen, der Polizeiinspector Javert und drei seiner ehemaligen Schmachgenossen, drei Sträflinge. Sie werden Gerechtigkeit walten lassen, meine Herren Geschworenen. Ich trage auf Anwendung des Strafgesetzes in seiner ganzen Strenge an. (Er setzt sich.)

Javert (erhebt sich).

Herr Präsident, ich bin hier wohl nicht mehr nöthig und muß schon morgen früh in meiner Heimath sein, wohin mein Amt mich ruft. Ich bitte deshalb um die Erlaubniß, mich entfernen zu dürfen.

Der Präsident.

Hat die Staatsanwaltschaft oder der Vertheidiger etwas dagegen einzuwenden? (Der Staatsanwalt und der Advokat verneinen.) Halten Sie Ihre Aussage aufrecht, Inspector Javert?

Javert.

Ja, Herr Präsident. (Zeigt auf den Angeklagten.) Der Mann heißt nicht Champmathieu; er ist der Sträfling Valjean. Ich habe ihn in Toulon gesehen und erkenne ihn recht wohl wieder.

Der Präsident.

Es ist gut. Sie können gehen. (Javert grüßt und entfernt sich.) Hat der Vertheidiger noch etwas hinzuzufügen?

Der Advokat.

Wenn der Gerichtshof den Angeklagten wirklich für Valjean hält, so bitte ich nur, auf die Verstandesschwäche des Unglücklichen Rücksicht zu nehmen und ihm nicht die härteste Strafe zuzuerkennen.

Der Präsident.

Angeklagter, stehen Sie auf. (Champmathieu steht auf.) Haben Sie noch etwas zu Ihrer Vertheidigung zu sagen?

Champmathieu.

Ich war Wagner in Paris. Sie können sich

da nach mir erkundigen. Ich weiß nicht, was man von mir will.

Präsident.

Angeklagter, in Ihrem eigenen Interesse frage ich zum letzten Male: sind Sie der freigelassene Sträfling Valjean oder nicht?

Champmathieu.

Ich bin der alte Champmathieu, das ist gewiß. Ich habe nicht gestohlen. Drei Monate schon sitze ich; man schleppt mich hierhin und dorthin, red't gegen mich und verlangt, ich solle darauf antworten. Der Gendarm, der ein guter Mann ist, stößt mich mit dem Ellnbogen und sagt: antworte doch! Ich kann nicht gut reden, denn ich bin kein Studirter, nur ein armer alter Mann. Warum ist man nur so gegen mich? (Er setzt sich nieder.)

Der Staatsanwalt.

Herr Präsident, da der Angeklagte bei seinem hartnäckigen Läugnen verharrt, so trage ich darauf an, daß die drei Sträflinge noch einmal vorgeführt und gefragt werden, ob sie den Angeklagten erkennen.

Der Präsident.

Man führe sie herein. (Die drei Sträflinge werden von Gendarmen herbeigebracht.) Zeugen, Ihr habt entehrende Strafen erlitten und könnt darum nicht zum Schwure gelassen werden. Es ist aber doch wohl in Euch ein Rest von Ehrenhaftigkeit

5

geblieben. Ueberlegt also wohl, ehe Ihr mir ant=
wortet und seht den Mann genau an, den ein Wort
von Euch verderben oder retten kann. Es ist noch
immer Zeit, daß Ihr Eure frühern Aussagen zu=
rücknehmt, wenn Ihr glaubt, Euch geirrt zu haben.
Angeklagter, stehen Sie auf! (Champmathieu steht auf.)
Erkennt Ihr noch immer in dem Manne da Euern
ehemaligen Genossen Valjean?

Erster Sträfling.

Ja, Herr Präsident. Ich habe ihn zuerst er=
kannt und bleibe dabei. Er kam 1796 in das
Zuchthaus und wurde 1815 entlassen. Ich erkenne
ihn recht wohl.

Der Präsident (zu dem zweiten).

Und Du?

Zweiter Sträfling.

Ob ich ihn erkenne! Wir sind ja fünf Jahre
lang an eine Kette geschmiedet gewesen.

Der Präsident (zu dem dritten).

Und Du?

Dritter Sträfling.

Ja, Herr Präsident, er ist es.

Der Präsident.

Ruhe im Saal! Ich werde die Verhandlungen
schließen.

Zweiter Auftritt.

Die Vorigen, Madeleine.

Madeleine
(tritt unter den Zuhörern hervor, zu den Sträflingen).

Seht hierher!

Mehrere Stimmen.

Herr Madeleine!

Madeleine (tritt weiter vor).

Ihr erkennt mich nicht? (Die drei Sträflinge schüt-teln verwundert den Kopf.) Nun, ich kenne Euch sehr wohl. (Zu dem Ersten.) Erinnern Sie sich (zögernd), erinnerst Du Dich, daß wir früh vor unserer ersten Flucht eine Feile unter einem Steine ver-steckten? (Zu dem Zweiten.) Du hast auf der rechten Schulter eine tiefe Brandnarbe, weil Du Dich eines Tags auf ein Becken mit glühenden Kohlen legtest, um das Brandmal wegzubringen, das man aber trotzdem noch sieht. Ist das wahr?

Zweiter Sträfling.

Das ist wahr.

Madeleine
(zu dem dritten Sträfling).

Auf Deinem linken Arme steht blau eingeätzt: „1. März 1815." Streife den Aermel auf.

Dritter Sträfling.

Es ist wahr.

Allgemeiner Ausruf.

Ah!

Madeleine.

Meine Herren Geschwornen, lassen Sie den Angeklagten frei. Herr Präsident, lassen Sie mich verhaften. Der Mann, den Sie suchen, ist nicht der (auf Champmathieu zeigend); ich bin es; ich bin Valjean.

Fünftes Bild.

Die barmherzige Schwester.

Ein Zimmer im Krankenhause.

Erster Auftritt.

Fantine (liegt auf einer Chaise longue), Simplice, der Arzt.

Simplice (zu Fantine).

Wie geht es Ihnen?

Fantine.

Gut. Wenn ich nur Herrn Madeleine sehen könnte. (Sie hustet.)

Simplice (leise zu dem Arzt).

Seit achtundvierzig Stunden wiederholt sie das immer. Was soll ich ihr antworten?

Der Arzt (leise).

Es steht schlimm mit ihr. Wo ist Herr Madeleine?

Simplice (leise).

Man weiß nur, daß er gestern sehr früh verreist ist. Wohin, hat er nicht gesagt.

Fantine
(richtet sich plötzlich auf).

Sie sprechen von Herrn Madeleine! Warum reden Sie leise? Was ist mit ihm? Warum kommt er nicht?

Simplice.

Kind, bleiben Sie ruhig.

Fantine.

Kommt er nicht wieder? Warum? Schwester Simplice, Sie wissen es; sagen Sie es mir.

Der Arzt (leise zu Simplice).

Sagen Sie ihr, er sei in der Fabrik beschäftigt.

Simplice
(zögert, dann mit Kopfschütteln).

Der Herr Maire ist gestern früh verreist.

Fantine (mit großer Freude).

Verreist! Er holt meine Cosette!

Simplice.

Was sagt sie?

Fantine.

Schwester Simplice, ich will mich ruhig nieder=
legen und alles thun, was Sie verlangen. Ich war
unartig und bitte um Verzeihung, daß ich so viel
gesprochen. Ich weiß es, gute Schwester, daß das
nicht recht ist von mir. Jetzt bin ich ganz glücklich.
Herr Madeleine ist so gut! Denken Sie sich, er
holt meine kleine Cosette von Montfernmeil.

Simplice.

Kind, verhalten Sie sich ruhig und sprechen
Sie nicht mehr.

Fantine.

Die Thenardiers werden nichts dagegen haben
können, nicht wahr? Sie werden ja bezahlt. Wie
glücklich bin ich! Ich fühle mich auch ganz wohl.
Ich werde Cosette wiedersehen. Sogar Hunger
habe ich. Ach, wie gut ist es von Herrn Madeleine,
daß er reiset!

Simplice.

Da Sie so glücklich sind, gehorchen Sie nun
auch und sprechen Sie nicht mehr.

Fantine.

Ja, Sie haben recht, Schwester. Herr Doctor,
nicht wahr, man läßt das Kind hier neben mir in
einem Bettchen schlafen? Früh, wenn es aufwacht,
kann ich ihm gleich guten Morgen sagen und in

der Nacht, wenn ich nicht schlafe, höre ich die Kleine schlafen. Das wird mir so wohl thun!

Der Arzt.
Geben Sie mir Ihre Hand. (Er nimmt die Hand Fantine's und schüttelt leise den Kopf.)

Fantine.
Nicht wahr, ich bin fast ganz gesund? (Sie fängt leise zu singen an und schläft endlich darüber ein.)

Zweiter Auftritt.

Die Vorigen. Madeleine.

Simplice.
Endlich sind Sie wieder da, Herr Madeleine! Man ist sehr besorgt gewesen um Sie.

Madeleine.
Nehmen Sie mir es nicht übel, Schwester Simplice, ich habe große Eile. Man ließ mich wohl dort, wo ich war, abreisen, aber ich kann nicht lange hier bleiben. Wie geht es der armen Kranken?

Der Arzt.
Gar nicht gut. Jetzt schläft sie.

Simplice.
Sie glaubt, der Herr Maire habe ihr Kind geholt. Ist es wahr?

Madeleine.

Nein.

Simplice.

So kommen Sie nicht von Montfermeil?

Madeleine.

Ich komme von Arras .. Ich schwankte zwischen zwei Pflichten, einer entsetzlichen und einer sehr angenehmen. Ich durfte mich nicht für die angenehme entscheiden.

Der Arzt.

So daß das Kind der Armen ..?

Madeleine.

Sie soll es haben, aber ich bedarf wenigstens zwei Tage ..

Der Arzt.

Das ist lange. Was sollen wir ihr sagen, wenn sie erwacht?

Simplice.

Wenn Herr Madeleine sich nicht sehen läßt, könnte man sie wohl beruhigen, ohne daß man eine Lüge zu sagen brauchte.

Madeleine.

Nein, Schwester Simplice, sehen muß ich sie und — ich habe große Eile. (Er tritt zu Fantine und faßt die Hand derselben.)

Fantine (erwacht, lächelnd).

Und Cosette?

Simplice.

Mein Gott!

Fantine.

Herr Madeleine, ich wußte, daß Sie da waren; ich schlief, aber ich sah Sie. Lange schon habe ich Sie gesehen und die ganze Nacht folgte ich Ihnen mit den Augen. Sie waren wie von einem Glorien= schein umgeben und himmlische Gestalten schwebten um Sie her .. Aber, wo ist Cosette? Warum setz= ten Sie die Kleine nicht auf mein Lager daher?

Der Arzt.

Beruhigen Sie sich, Ihr Kind ist da.

Fantine.

Ach, bringen Sie es mir!

Der Arzt.

Noch nicht. Sie haben noch Fieber. Der An= blick Ihres Kindes würde Sie zu sehr aufregen.

Fantine.

Ich bin ja gesund! Wirklich, ich bin ganz ge= sund und ich will mein Kind sehen!

Der Arzt.

Wie Sie sich aufregen! So lange Sie so sind, dürfen Sie das Kind nicht sehen.

Fantine.

Herr Doctor, ich bitte um Verzeihung, recht herzlich. Ich will warten, so lange Sie wollen, aber ich schwöre es Ihnen zu, es schadet mir nicht, mein Kind zu sehen. Wenn man es mir jetzt brächte, würde ich ganz leise mit ihm sprechen. .. Herr Madeleine, sagen Sie mir nur, wie es sich befindet. Es hat doch reine Wäsche? Und wie wurde es von den Thenardiers behandelt? Wenn Sie wüßten, was ich gelitten habe, wenn ich mir diese Fragen vorlegte in meinem Elende! Nicht wahr, Herr Madeleine, hübsch ist meine Cosette? Dürfte man sie mir nicht nur einen Augenblick bringen? Nur einen Augenblick? Ja, Herr Madeleine?

Madeleine.

Cosette ist schön, sie befindet sich wohl und Sie werden sie bald sehen; jetzt beruhigen Sie sich. (Der Arzt geht.)

Fantine.

Wie glücklich werden wir sein! Buchstabiren und lesen lehre ich sie. Dann geht sie zur ersten Communion! Fünf Jahre ist sie schon. .. Ach, gute Schwester Simplice, nicht wahr, ich rede recht albern! Denke ich schon an die erste Communion meines Kindes! (Sie unterbricht sich plötzlich, setzt sich gerade auf und stiert entsetzt nach der Thür.) Ah!

Madeleine.

Was ist Ihnen?

Dritter Auftritt.

Die Vorigen, Javert.

Fantine (mit einem Aufschrei).
Herr Madeleine, schützen Sie mich!

Valjean (steht auf).

Beruhigen Sie sich. Er kommt nicht Ihret=
wegen. (Zu Javert) Ich weiß was Sie wollen.

Javert.

Rasch!

Simplice.

Herr Madeleine!

Javert.

Schwester Simplice, Sie haben immer nur die
Wahrheit gesagt, nennen Sie ihn nicht bei diesem
Namen; es ist ein falscher. (Zu Madeleine) Ich habe
soeben einen Haftbefehl von dem Staatsanwalt in
Arras erhalten. Verstanden?

Valjean.

Javert ..

Javert.

Man hat mich „Herr Inspector" zu nennen.

Valjean (leise).

Ein Wort! Eine Bitte!

Javert.

Laut! Mit mir spricht man laut!

Valjean (leise).

Bewilligen Sie mir zwei Tage, damit ich das
Kind der Unglücklichen da aus Montfermeil holen
kann. Ich bezahle jeden Preis. Sie können mich
auch begleiten. Nur zwei Tage.

Javert (laut, höhnisch lachend).

Das ist zum Lachen. Zwei Tage Freiheit, um das Kind der Mamsell da zu holen. Ha! ha!

Fantine (richtet sich auf).

Mein Kind? Mein Kind holen? Es ist also nicht hier? Schwester Simplice, antworten Sie mir: wo ist Cosette? Ich will mein Kind haben, Herr Madeleine!

Javert
(faßt Valjean am Kragen).

Noch einmal; es ist hier kein Herr Madeleine, sondern ein Dieb, ein Räuber, ein Züchtling, Valjean!

Fantine (mit heiserem Aufschrei).

Ah! (Sie streckt krampfhaft die Hände aus und ihr Kopf senkt sich auf die Brust. Sie stirbt.)

Simplice (auf die Kniee fallend).
Barmherzigkeit!

Valjean
(macht sich von Javert frei).
Sie haben die Unglückliche umgebracht!

Javert.
Wird's bald? Unten ist die Wache. Vorwärts oder ich lege die Handschellen an!

Valjean
(reißt einen Arm von dem Stuhl Fantine's los; mit schrecklicher Stimme).
Ich rathe Ihnen, in diesem Augenblicke mich nicht zu stören.

Javert
(lachend, aber ohne Widerstreben).

Was soll's?

Valjean.

Ich habe mit dieser Todten zu reden. Erwarten Sie mich, draußen. Ihre Anwesenheit ziemt sich nicht für das, was ich hier zu sagen und zu thun habe.

Simplice (zitternd und flehenblich).

Die meinige auch nicht, Herr Javert. (Sie tritt in ein Nebenzimmer).

Javert.

Es ist doch von hier nicht zu entkommen? (Er macht das Fenster auf.) Vierzig Fuß hoch .. (Zu Valjean). Zwei Minuten bewillige ich.

Valjean (zeigt auf die Thüre).

Gehen Sie! (Javert ab.)

Vierter Auftritt.

Valjean allein neben der todten Fantine.

Valjean
(kniet vor Fantine nieder und faßt die Hand derselben).

Fantine, Du bist zu spät gekommen und zu bald gegangen. Aber gleichviel, ich verspreche Dir — hörst Du? — Cosette zu holen! Ich verspreche Dir, Dein Kind glücklich zu machen. Ich schwöre es! (Er steht auf und ruft) Schwester Simplice!

Fünfter Auftritt.

Valjean, Simplice, die mit einem Lichte in der Hand an der Thüre stehen bleibt.

Valjean (schreibt rasch einige Worte).

Schwester, überwachen Sie was ich hier zurück= lasse. Nehmen Sie davon die Kosten meines Pro= zesses und der Beerdigung der Unglücklichen da; das Uebrige ist für die Armen. (Er übergiebt ihr das beschriebene Blatt.)

Simplice (unbeweglich).

Was wollen Sie thun?

Valjean.

Mich überliefern . . .

Simplice.

Ach nein! Nein! (Die Thür, durch welche Javert hinausging, öffnet sich. Simplice drängt Valjean rasch hinter diese Thür.)

Sechster Auftritt.

Die Vorigen, Javert.

Javert.

Nun? Ist man fertig? (Er sieht sich in dem Zimmer um.) Ach, er ist gar nicht mehr hier? . . Schwester Simplice, . . . Sie haben in Ihrem Leben nie eine Lüge gesagt . . ist er nicht mehr hier?

Simplice (ruhig).

Nein!

Javert.

Entwichen! Auf welchem Wege? (deutet auf das offene Fenster) hierdurch?

Simplice.

Ja.

Javert.

Ueber die Dächer!.. Dacht ich's mir doch!.. Hierher! (Er eilt hinaus und ruft) Hierher!

Valjean
(fällt auf die Knie vor Simplice).

O, fromme Schwester, möge Ihnen der Himmel diese Lüge vergelten!

Siebentes Bild.

Im Kloster zu Paris.

Ein öder Platz, auf dem zwei Gäßchen mit hohen Mauern zusammenstoßen. Im Hintergrund ein Haus mit vergitterten Fenstern und einem alten Einfahrtsthore. Rechts und links hohe Mauern. Eine Laterne ohne Licht, deren Seil über den Platz läuft.

Erster Auftritt.

Valjean, der Cosette trägt.

Valjean.

Die Gäßchen in dieser Vorstadt bilden ein wahres Gewirr. Um so besser. Die Verfolger wer=

den hier meine Spur verlieren... Wie hat der hartherzige Javert mich gehetzt! Ach, mein Gott, ein Versteck! Einen Zufluchtsort! — Wohl gelang es mir nach Paris zu kommen, mein Geld, das der Cosette gehören soll, bei dem Bankier zu erheben und zu verstecken. Ich konnte dann von Paris nach Montfermeil gehen, Cosette von den Thenardier's holen und wieder nach Paris kommen. Drei Tage lang entzog ich mich Javert, aber nun ist er hinter mir. Mein Gott, zeige uns in der großen Stadt ein Versteck, das jenem schrecklichen Manne nicht zugänglich ist!

Cosette.

Ich fürchte mich... Wer läuft so hinter uns her?

Valjean.

Sei still! Rühre Dich nicht! (Er läßt Cosette von dem Arme herunter, blickt in das Gäßchen links und zieht den Kopf rasch zurück). Mein Gott, dort kommt Javert mit seinen Leuten! (Er faßt die Hand Cosettes.) Komm schnell hierher! (Er geht nach dem Gäßchen rechts, weicht aber auch da sofort zurück.) Dort stehen und lauern andere Gestalten. Hier und da der Weg versperrt! Und kein anderer Ausgang! Wie in einem Netz gefangen! (Er sieht sich nach allen Seiten hin um.) Hohe steile Mauern! Mit einem Kinde sie zu ersteigen ist unmöglich. Ah, ein Gedanke! (Er kriecht über den vom Mond beschienenen freien Platz, richtet sich an dem Laternenpfahl wieder auf, sprengt mit dem Messer das Schloß des Kästchens daran auf und zieht das

Seil.) Vielleicht habe ich noch Zeit. (Zu Cosette). Komm und laß mich machen! (Er nimmt sein Halstuch ab, schlingt es um das Kind unter den Achseln, knüpft daran das eine Ende des Laternenseils und nimmt das andere zwischen die Zähne.) Hilf du mir nun, alte Flüchtlingskunst! (Er schiebt sich mit den Fersen und Elnbogen an der Ecke des Hauses empor und sagt zu Cosette) Drücke Dich an die Wand und sei ruhig! (Er zieht Cosette langsam em.

Die Stimme Javerts (in dem Gäßchen).

Die andere Gasse ist bewacht. Er kann uns nicht mehr entkommen. Aufgepaßt!

Achtes Bild.

Ein großer stiller Garten, hell vom Monde beschienen. Im Hintergrunde desselben ein großes Gebäude mit erleuchteten Fenstern, an der Seite ein Haus mit Dach, welches fast den Boden berührt.

Die Stimme Javerts.

Sucht nur überall! Er muß noch hier sein.

Valjean

(läßt sich auf dem Dache des Hauses herunter, während er Cosette an sich drückt und springt endlich in den Garten. In diesem Augenblicke hört man einen kirchlichen Gesang von dem großen Gebäude her). Cosette, danke Gott! (Das Kind kniet nieder .. Fauchelevent kommt). Es kommt Jemand. Vielleicht ist doch noch alles verloren.

Fauchelevent

(tritt mit einer Laterne in der Hand hinzu).

Herr Madeleine! Wo kommt der her? Gerade=
wegs vom Himmel?

Madeleine.

Fauchelevent! Was ist das für ein Haus?

Fauchelevent.

Das Kloster, in Sie mich als Gärtner
gebracht haben.

Madeleine.

Fauchelevent, jetzt kannst Du mir das Leben
retten.

Fauchelevent.

Gott sei Dank, Herr Madeleine.. Mein Bruder
sollte hierherkommen, er ist aber gestorben ..
Wollen Sie seinen Namen und seinen Platz an=
nehmen?

Valjean.

Ob ich es will! Bleibe' auf Deinen Knien,
Cosette und sage Deiner Mutter im Himmel, daß
wir endlich einen Zufluchtsort gefunden haben.

Zweite Abtheilung.

~~~~~

Valjean.

Personen.

~~~~~~~~

Valjean.
Javert.
Marius.
Thenardier.
Enjolras.
Claquesous.
Montparnasse. ⎫
Babet. ⎪
Gueulemer. ⎪
Bigrenaille. ⎬ Räuber.
Brujon. ⎪
Panchaud. ⎭
Cosette.
Eponine.
Eine Magd.
Volk. Soldaten.

Ort der Handlung: Paris, 1832.

Erstes Bild.

Glück aus Unglück.

Im Garten des Luxembourg.   Eine Bank unter Bäumen.

Erster Auftritt.

Javert, Claquefous.

Sie sprechen bei Seite im Hin- und Hergehen, ohne bei einander stehen zu bleiben, als wollten sie nicht zusammen gesehen werden.

Claquefous.

Er macht alle Tage hier im Garten einen Spaziergang mit einem jungen Mädchen. Er muß jetzt bald kommen, denn es ist seine Zeit.

Javert.

Und der Thenardier glaubt ihn zu erkennen?

Claquefous.

Ja.

Javert.

Als den Mann, der vor zehn Jahren in Montfermeil die Kleine, Cosette, von ihm abholte? Es ist kaum möglich. Er verschwand im December 1822 und jetzt haben wir den 5. Juni 1832. Beinahe zehn Jahre also hätte er sich der Polizei entzogen und mir, Javert? Wo sollte er sich versteckt gehalten haben? Nein, nein; es ist ein Irrthum. Valjean ist todt. Alle Berichte stimmen darin überein.

Claquesous.

Die Polizei kann sich auch irren, Herr Inspector, Sie sogar können sich irren und ich kann es, Ihr treuer Diener. Sie werden ja selbst sehen. Ich erwarte auch Thenardier. Der ist zwar ein schlechter Kerl, aber das Gute hat er, daß er an mich glaubt, mich für seines Gleichen hält. Sein Anschlag könnte wohl heute . . .

Javert

Heute? Und alle meine Leute sind auf den Beinen, wegen der Beerdigung des Generals Lamarque. Man fürchtet Lärm in Paris. Aber gleichviel. Die Polizei muß alles auf einmal sehen und thun können. (Valjean kommt mit Cosette.)

Claquesous.

Da kommt unser Mann.

Javert

(beobachtet sehr aufmerksam Valjean, der ihn nicht sieht).

Ah! Ist er es? Aehnlich sieht er ihm, ja. Aber wenn er es doch nicht wäre!

Claquesous (sieht sich um).

Thenardier kommt, ich gehe.

Javert.

Auf baldiges Wiedersehn! (Sie gehen nach verschiebenen Seiten hin ab.)

Zweiter Auftritt.

Valjean, Cosette, später Claquesous und Thenardier.

Valjean.

Was ist Dir, liebe Cosette?

Cosette.

Nichts, lieber Vater. (Bei Seite.) Er ist noch nicht da. (Sie gehen einige Schritte.) Vater, hast Du die vielen Menschen in den Straßen bemerkt?

Valjean.

Ja .. Nein .. Ich weiß nicht. Warum willst Du immer hierher gehn?

Cosette.

Ich liebe den Garten. Man ist so ungestört da. Wollen wir uns nicht ein wenig setzen? (Sie setzen sich auf die Bank.) Vater, ich erzählte Dir, daß meine Mutter ..

Valjean.

Deine Mutter?

Cosette.

Als ich noch klein und in dem Kloster war, sprachst Du bisweilen von ihr. Jetzt schweigst Du ober es treten Dir Thränen in die Augen, wenn ich sie erwähne.

Valjean.

Glaubst Du?

Cosette.

Ich erzählte Dir, ich hätte vorige Nacht meine Mutter im Traume gesehen... Manchmal bilde ich mir ein, ihre Seele sei in Dich übergegangen, um immer bei mir zu sein. (Claquesous und Thenardier gehen schweigend auf und ab und kommen an der Bank vorüber, auf welcher Valjean und Cosette sitzen.)

Thenardier (rasch zu Claquesous).

Mein Glück ist gemacht.

Claquesous.

Unser Glück, meinst Du? Erzähle mir. (Sie gehen weiter.)

Valjean (zu Cosette).

Ich habe Deiner Mutter auf ihrem Sterbebette versprochen, Dich glücklich zu machen, jetzt habe ich Dich aber auch lieb.

Cosette.

Wie ich Dich, Väterchen. Hast Du mir doch aus Noth und Elend geholfen und mich glücklich gemacht!

Valjean.

Ich habe nie Familie gehabt und als ich Dich von den Thenardiers wegnahm, die Dich miß= handelten, regte sich in mir etwas noch Unbe= kanntes; alle Liebe, die in dem alten Herz da geschlummert hatte, erwachte.

Cosette.

Du bist so gut, Väterchen.

Valjean.

Du warst ein Kind, das einen Vater brauchte, ich war ein Vater, der ein Kind suchte. Wir waren beide unglücklich und fühlten, daß wir zu einander gehörten. Du lerntest mich alten Mann lieb haben und wurdest das Liebste, was ich auf Erden gekannt. Wie einen Schatz habe ich Dich gehütet und versteckt gehalten. Das Kloster, in das uns der gute Faucheslevent aufnahm und wo ich Dich neun Jahre lang bei mir hatte, war für mich der Himmel. Du weißt, Cosette, ich suche gern die Einsamkeit und bin etwas scheu, wohl gar manchmal recht schlecht.

Cosette (lächelnd).

Du, Vater!

Thenardier
(wieder vorübergehend, leise zu Claquesous).

Mein Plan ist entworfen. Benachrichtige Du zwei Freunde, ich sage es zwei andern. (Sie gehen weiter.)

Valjean (zu Cosette).

Wenn Du mein Leben kenntest, würdest Du begreifen, liebes Kind, daß Du eine Wohlthat für mich gewesen bist. Du hast, ohne es zu ahnen, eine heilige Flamme in mir angezündet, die mir eines Tags erschien, aber allmälig verlosch. Als ich Dich fand, wäre ich vielleicht wieder .. gefallen.

Aber ich liebte Dich und das machte mich stark.
Ich schützte Dich und Du gabst mir Muth und
Kraft. Wenn Du dem alten armen Manne, der
seinen Schutzengel aus Dir gemacht hat, untreu
würdest, Cosette, ich würde, ich müßte sterben.

Cosette
(ihn umfangend und küssend).

O, Du böser Vater! (Er versinkt in Gedanken
und Cosette faßt seine Hand.)

Claquesous
(wiederkehrend, zu Thenardier).

Glaubst Du wirklich, daß er zu Dir kommt?

Thenardier.

Er wird zu einem gewissen Jondrette kommen,
der fast verhungert und ihn gestern schriftlich um
Unterstützung gebeten hat. Solche Leute können
ihr Herz nicht beherrschen; sie wollen selbst sehen.
Meine Eponine hat den Brief zu ihm getragen.

Claquesous.
Und der Jondrette?

Thenardier.
Bin ich. (Sie verschwinden wieder.)

Valjean
(aus seinem Sinnen erwachend).

Ich sage Dir dies zum erstenmale, weil ich hier
auf den schrecklichen Gedanken gekommen bin, daß
Du mich verlassen könntest.

Cosette.
Dich verlassen? Niemals! Warum?

Valjean.

Wahrhaftig, ich stürbe, wenn Du mir mein Glück nähmest, wenn irgend etwas uns trennte, wenn Jemand versuchte, Dich mir zu nehmen. Mich schaudert, wenn ich daran denke. (Wie zu sich selbst). Ich weiß nicht, ich glaube, es liegen Krater in mir, die sich öffneten, und ich würde wiederum schlecht, schrecklich .. (Marius erscheint.)

Cosette (bei Seite).

Marius!

Valjean (bemerkt ihn, barsch).

Komm, Cosette! Laß uns gehen.

Cosette (steht auf).

Schon?

Valjean.

Der arme Mann erwartet mich, weißt Du? der mir gestern schrieb. Komm! (Sie gehen. Auf Marius deutend.) Der junge Mensch sieht recht pedantisch aus.

Cosette (erschrocken).

Der junge Mann da? (Marius kommt in die Nähe und läßt verstohlen einen Brief sehen, den er auf ein Zeichen des Erschreckens Cosette's alsbald verbirgt. Er geht zurück und setzt sich mit verzweifelnder Geberde auf die Bank. In der Ferne hört man trommeln.)

Dritter Auftritt.

Marius allein, dann Eponine.

Marius.

Der Brief muß in ihre Hände gelangen .. Aber wie? Durch wen?

Eponine.

Guten Tag, Herr Marius.

Marius (barsch).

Was wollen Sie? Wer sind Sie?

Eponine.

Wie? Sie kennen mich nicht? Wir wohnen ja in einem und demselben Hause. Erinnern Sie sich wirklich nicht an Ihre kleine Nachbarin?

Marius.

Ach, Eponine ist es!

Eponine.

Eponine! Woher wissen Sie denn, daß ich Eponine heiße?.. Wie hübsch, daß Sie mich Eponine nennen!

Marius.

Was weiter?

Eponine.

Sie sehen mich, wie es scheint, gar nicht gern .. Wenn ich wollte, könnte ich Ihnen doch eine große Freude machen.

Marius.

Wie meinen Sie das?

Eponine.

Sie müssen mich erst Du nennen.

Marius.

Nun, wie meinst Du das?

Eponine.

Sie sehen so betrübt aus; Sie haben Kummer,
das sieht man Ihnen an. Sie sollen aber keinen
Kummer haben! Sie sollen vergnügt sein. Ver=
sprechen Sie mir, zu lachen. Ich möchte Sie so
gern lachen sehen und Sie sagen hören: so ist es
gut!.. Armer Herr Marius! Vor einigen Wo=
chen versprachen Sie mir, mir alles zu geben was
ich wünsche ..

Marius.

Nun?

Eponine.

Ich kenne die Wohnung.

Marius.

Welche Wohnung?

Eponine.

Nach der Sie mich vor einigen Wochen fragten,
— die Wohnung .. wissen Sie? .. des Mädchens ..

Marius.

Ach ja, ich erinnere mich .. Ich danke.

Eponine (erschrocken).

Ah, Sie wissen schon .. wo sie wohnt? .. So

ist es gut .. Gute Nacht, Herr Marius! (Sie
will gehen.)

Marius (ruft sie zurück).

Eponine! .. Willst Du mir einen großen Gefallen thun?

Eponine.

Welchen?

Marius.

Das Mädchen muß binnen einer Stunde einen
Brief bekommen, ohne daß es Jemand sieht. Kannst
Du ihn hintragen?

Eponine.

Wohin?

Marius.

In die Wohnung, die Du kennst.

Eponine.

Ach! .. Sie schreiben einander? ..

Marius.

Kannst Du? Antworte mir: kannst Du?

Eponine (zögernd).

Ja.

Marius (giebt ihr den Brief).

Komm, wir wollen gehen.

Eponine.

Nein, ich gehe nach der Seite hin, Herr Marius.
Man darf einen jungen Mann wie Sie nicht mit
einem Mädchen wie ich sehen.

Marius.

So komm schnell zurück. Ich werde in meiner
Stube auf Dich warten.

Eponine.

Herr Marius, wissen Sie, daß Sie mir etwas versprochen haben?

Marius.

Ach ja! Du hast Recht. (Er sucht in seiner Tasche und drückt dem Mädchen ein Geldstück in die Hand.)

Eponine (läßt das Geld fallen).

Ihr Geld mag ich nicht. (Marius geht. Sie sieht den Brief betrübt an.) Sie schreiben einander! Sie lieben einander!

Zweites Bild.

Der Hinterhalt.

Das einfache Dachzimmer des Marius. Im Hintergrunde eine Thür, die auf einen dunkeln Corridor führt. Rechts ein Fenster, durch das man eine Straßenlaterne sieht. An der Wand einen Schreibtisch. Draußen hört man noch immer von Zeit zu Zeit trommeln.

Erster Auftritt.

Marius. Eponine (kommt).

Eponine.

Es ist geschehen und — hier die Antwort.

Marius.

Gieb schnell her! (Sie reicht ihm einen Brief.)

Eponine.

Ach, wie glücklich sehen Sie nun aus!.. Wie glücklich! (Er lieset den Brief hastig, drückt ihn an die Lippen und wirft ihn auf den Schreibtisch.)

Marius.

Ich danke Dir! Lebwohl! (Er geht rasch fort, Eponine nimmt neugierig den Brief und lieset.)

Eponine (lieset).

„Mein Geliebter! Gott, was ist geschehen? Dein Brief erschreckt mich. Komm schnell zu mir. Ich bin den ganzen Abend allein. Mein Vater ist ausgegangen. Du kommst auf dem ge= wöhnlichen Wege in den Garten .. Ich liebe Dich!" (Sie zerdrückt unwillig den Brief, dann zornig.) Ah, sie sehen einander? Das darf nicht sein.

Zweiter Auftritt.

Eponine, Valjean (in der Thür).

Eponine (bemerkt ihn).

Ihr Vater! (Sie wirft den Brief auf den Tisch.)

Valjean.

Ich bitte um Entschuldigung, wohnt hier nicht ein sehr armer Mann? Jondrette, glaube ich, heißt er.

Eponine.

Nein! Nein, Herr, nein. Die Thür nebenan. (Lebhaft.) Hier wohnt Herr Marius.

Valjean.

Herr Marius! (Er kommt herein.) Ift Herr Marius der junge Mann, der eben aus dem Hauſe ging, als ich eintrat?

Eponine.

Der ſchöne, junge Mann? Ja, derſelbe.

Valjean.

Ah! (Er ſieht ſich neugierig in dem Zimmer um, gleich darauf erſcheint Thenardier in der Thür und giebt ein geheimnißvolles Zeichen nach dem Corridor.)

Eponine.

Ja, Herr Marius ift eben ausgegangen (eigenthümlich betonend) für den ganzen Abend ..

Thenardier (bei Seite).

Das iſt gut.

Eponine
(tritt zu Valjean, leiſe).

Ich weiß ſogar, wohin er gegangen iſt .. (Sie hält plötzlich inne.) Nein! (Geht raſch hinweg.)

Thenardier (bei Seite).

Da er hier iſt, kann es auch gleich geſchehen; es iſt beſſer als bei uns.

7

Dritter Auftritt.

Valjean, Thenardier, dann nach einander Claquesous, Bigrenaille, Gueulemer, Babet und Panchaud (alle mit geschwärztem Gesicht und mit Knitteln oder Hämmern bewaffnet. Sie stellen sich vor die Thür und an der Wand hin. Dies geschieht langsam und leise und dauert den ersten Theil des Auftrittes über.)

Thenardier
(leise zu Claquesous, der nahe an ihn getreten ist).

Warum hast Du so viele mit gebracht? Sie sind nicht nöthig.

Claquesous (leise).

Ja .. sie wollen alle dabei sein. Es ist schlechte Zeit .. nichts zu verdienen.

Valjean (dreht sich um).

Wer ist der Mann?

Thenardier.

Ein guter Freund, ein Nachbar .. Er hantiert mit Kohlen und macht sie da schwarz ..

Valjean.

Sie sind wohl Herr Jondrette?

Thenardier.

So heiße ich nicht. Erkennen Sie mich?

Valjean.

Nein.

Thenardier.

Ich heiße Thenardier und bin der Gastwirth

von Montfermeil. Verstehen Sie wohl? Thenar=
dier! Nun kennen Sie mich wohl?

Valjean (gelassen).

Auch nicht.

Thenardier.

Endlich habe ich den (höhnisch) Menschenfreund,
den unbekannten Millionair, der sich in Montreuil
Madeleine, in Montfermeil Leblanc und in Paris
Fauchelevent nennt. Und Sie erkennen mich wirk=
lich nicht? Nicht? Sie sind nicht zu Weihnachten
1822 in meinem Wirthshause gewesen und haben
das Kind der Fantine mir nicht abgeschwindelt?
Sie haben mir nicht für 1500 Francs das kleine
Mädchen abgeschwatzt, das ich bei mir hatte, das
gewiß reichen Leute angehörte und von dem ich bis
an mein Ende hätte leben können? Sie werden es
jetzt erfahren, daß es nicht immer wohlgethan ist,
in schlechten Kleidern, scheinbar als armer Mann
sich in die Häuser einzuschleichen und den Leuten
ihren Unterhalt zu nehmen, Sie Kinderräuber!

Valjean.

Ich weiß nicht was Sie reden. Sie verkennen
mich. Ich kenne Sie nicht.

Thenardier.

Sie bleiben dabei? Sie erinnern sich nicht? Sie
sehen nicht wer ich bin? (In diesem Augenblicke sind alle
Geschwärzten hereingekommen.)

Valjean (kalt).

O ja, ich sehe es wohl. Ein .. Räuber sind Sie.

Thenardier.

Ein Räuber! Ja, ich weiß es wohl, so nennen die Reichen uns Armen. Nun ja, ich habe Bankerott gemacht, ich halte mich versteckt, ich hungere mit den Meinigen, ich bin .. ein Räuber, während Sie, die Reichen, im ersten Stock großer Häuser wohnen, gut essen und trinken und glücklich sind. Gelegentlich kommen Sie in unsere Hütten und Löcher, ja zu uns Spitzbuben und Räubern. Herr Millionair, ich hatte mein ehrliches Geschäft und war Bürger, ich .. Sie sind es vielleicht nicht. Ich bin Keiner, dessen Namen man nicht kennt und der Kinder aus den Häusern entführt .. Jetzt muß es ein Ende nehmen; ich brauche Geld, viel Geld, ungeheuer viel Geld, und wenn Sie es nicht gutwillig hergeben, werden Sie erschlagen.

Valjean

(hat sich seit einigen Augenblicken in dem Zimmer nach einem Ausgange umgesehen, plötzlich springt er nach dem Fenster hin, ehe er aber dasselbe erreicht, stürzen die sechs Männer sich auf ihn. Es entsteht ein Kampf. Valjean wirft zwei nieder; die andern packen ihn und halten ihn nieder).

Thenardier.

Thut ihm nichts zu Leide. (Zeigt auf eine hölzerne Säule, die in der Stube steht.) Bindet ihn fest da an. (Valjean wird geknebelt und an die Säule gebunden.) Nun visitirt ihn.

Panchaud (der Valjean durchsucht).

Nichts.

Thenardier.

Kein Taschenbuch?

Panchaud.

Nicht einmal eine Uhr.

Thenardier.

Es war nicht Recht von Ihnen, Herr, daß Sie durch das Fenster springen wollten; Sie hätten da Hals und Beine brechen können. Von mir war es aber auch nicht Recht, daß ich hitzig wurde. Jetzt wollen wir ruhig mit einander reden. Erst aber muß ich Ihnen eine Bemerkung mittheilen, die ich gemacht habe: Sie schrieen nicht um Hülfe, wie es jeder Andere gethan haben würde in solcher Lage. Sie thaten es nicht; warum? Weil Sie so wenig wie wir die Ankunft der Polizei wünschen. Wir können uns also verständigen. Weil Sie Millionair sind, verlangte ich viel Geld, ungeheuer viel Geld. Es war unklug von mir. Ich will Sie gar nicht ruiniren und gern ein Opfer bringen. Ich begnüge mich mit 200,000 Frcs. Sie sagen, Sie hätten so viel Geld nicht bei sich? O, Ihre Unterschrift genügt mir mit einer kleinen Bürgschaft. Haben Sie also die Güte und schreiben Sie was ich Ihnen dictiren werde. (Er deutet auf den Schreibtisch dicht vor Valjean.)

Valjean

(der mit gesenktem Kopfe zugehört hat, richtet den Kopf auf).

Wie kann ich schreiben, da ich ja gebunden bin?

Thenardier.

Richtig. (Zu Claquesous) Mach' den rechten Arm des Herrn frei. (Claquesous thut das, Thenardier taucht eine Feder in die Dinte und reicht sie Valjean, der bereits ein Papier von dem Schreibtisch genommen hat. Plötzlich fällt sein Blick auf das Papier, er stiert es an, denn es ist der Brief Cosette's an Marius.)

Valjean
(macht eine gewaltige Anstrengung, sich zu befreien).

Auch sie?

Thenardier.

Ich kann Ihnen recht wohl auch sagen, daß die Bürgschaft, von der ich sprach, Ihre Tochter ist.

Valjean.

Meine Tochter?

Thenardier.

Zwei meiner Freunde sind in diesem Augenblicke in Ihrer Wohnung und holen Cosette, um sie an einen sichern Ort zu bringen. Sobald ich das Geld erhalten habe, bekommen Sie Ihre Tochter wieder.

Valjean
(reißt sich mit einer ungeheuern Anstrengung los).

Ihr Elenden! (Mit schrecklicher Stimme) Versuche es Keiner mir in den Weg zu treten. (Die sechs Männer stehen ihm drohend entgegen. Er entreißt Einem einen Knittel, den er um sich schwingt und mit dem er sich so Bahn bricht bis an die Thür, welche er öffnet. Plötzlich bleibt er entsetzt stehen; er befindet sich vor Javert mit mehreren Polizeidienern.)

Javert

(tritt herein, zeigt seinen Leuten die sechs Männer, scheinbar ohne Valjean zu bemerken).

Nehmt sie alle mit. Unten stehen die Fiacres. (Die Räuber werden entwaffnet und lassen sich widerstands- los fortführen. Javert und Valjean bleiben allein zurück. Der Letztere geht dann nach der Thüre zu. Javert stellt sich ihm aber entgegen). Guten Tag, Valjean! — Du bist mir in Arras entkommen, in Montreuil, in Montfermeil und in Paris. Ich hielt Dich für todt, aber Du lebst und nun halte ich Dich so fest, daß Dich mir keine Macht entreißen kann. Was meinst Du? (Er faßt ihn am Kragen. Valjean schweigt. Plötzlich hörte man Flintenschüsse draußen. Javert läßt Valjean los und eilt an das Fenster). Aufruhr!? (Valjean entschlüpft unterdeß. Javert kommt von dem Fenster zurück). Ist er noch einmal entkommen? Gleichviel! Er entgeht mir nicht. Jetzt rufen mich höhere Pflichten. (Unter Flintenschüssen, Sturm- lauten und Trommelgeräusch fällt der Vorhang).

Drittes Bild.

Eine Idylle.

Ein einsamer, verwilderter Garten. In der Mitte eine Bank in einer Laube. Weiterhin die Wohnung Valjeans, ein kleines Gartenhaus. Auch in der folgenden Scene hört man in der Ferne bisweilen Sturm lauten und trommeln.

Erster Auftritt.

Marius, Cosette, dann Eponine.

Marius
(geht langsam mit Cosette über die Bühne).

In höchster Verzweiflung kam ich, aber sobald ich Dich sehe und Deine liebe Stimme höre, werde ich ein anderer Mensch.

Cosette.

Nun ja, lieber Marius, wenn Dein Großvater die Einwilligung zu unserer Verheirathung gegeben hätte, wäre es eine unermeßliche Freude gewesen; da er es nicht thut ..

Marius.
Nun?

Cosette.
Liebst Du mich da auch noch?

Marius (im Tone des Vorwurfs).
Noch?

Cosette.
Wirst Du mich immer lieben?

Marius.
So lange ich lebe.

Cosette.
So laß uns schwören, einander treu zu bleiben bis ...

Marius.
Bis ich Dir meine Hand reichen kann, auch

ohne die Einwilligung meines Großvaters, .. bis ich mündig bin? Ja? Noch ein Jahr?

Cosette.

Was ist ein Jahr? Ich liebe Dich und achte nicht auf die Zeit.

Marius.

Wenn ich Dich nur bisweilen sehen, Deine liebe Hand berühren und Deine Stimme hören kann, bin ich schon glücklich. Aber Du wirst traurig?

Cosette.

Es giebt noch ein schweres Hinderniß .. Mein Vater .. (Sie verschwinden in dem Garten. Eponine kommt von der rechten Seite her und sieht ihnen nach).

Eponine.

Schon beisammen! (Sie schleicht zu einem Gebüsch auf der linken Seite). Geht er so jeden Abend hier= her? .. Dann wundere ich mich über nichts mehr .. Und diese Cosette nimmt seine Besuche an, ohne daß ihr Vater etwas davon weiß? .. So sind die reichen Mädchen! (Von der rechten Seite kommen Montparnasse und Brujon).

Zweiter Auftritt.

Eponine (versteckt), Montparnasse und Brujon.

Eponine (bemerkt Montparnasse, für sich).

Montparnasse? .. Was sucht der hier? (Sie horcht).

Montparnasse (zu Brujon).

Komm nur, feige Memme! Als wenn hier Gefahr wäre.

Brujon.

Es könnte ein Hund da sein.

Montparnasse.

Es ist keiner da.

Brujon.

Und wenn das Mädchen schreit?

Montparnasse.

So stopft man ihr den Mund.

Eponine (für sich).

Was reden sie? (Sie tritt plötzlich vor). Montparnasse!

Brujon.

Thenardiers Tochter!

Montparnasse.

Hat Dich Dein Vater hierher geschickt?

Eponine (zögernd).

Ja.

Montparnasse.

Um aufzupassen?

Eponine.

Ja.

Montparnasse (zu Brujon).

So komm! Es ist alles sicher. (Zu Eponine). Du hilfst uns.

Eponine.

Wobei?

Montparnasse.

Cosette zu entführen.

Eponine.

Deswegen kommt Ihr?

Montparnasse.

Rede nicht lange.   Führe uns.

Eponine.

Sogleich?

Montparnasse.

Augenblicklich!

Eponine.

So geschwind nicht; später.

Brujon.

Sogleich muß es geschehen!   Während Dein Vater den Alten festhält, holen wir hier die Tochter.

Eponine.

Wenn sie aber nicht allein ist .., wenn Jemand bei ihr ist?

Montparnasse.

Wer?   Die alte Magd?

Eponine.

Nein!   Ein Mann.

Montparnasse
(mit einer bezeichnenden Geberde).

Mit dem wird man fertig.

Eponine (für sich).

Um ihretwillen würde er sich umbringen lassen.

Montparnasse.
Genug! Vorwärts!

Eponine (vertritt ihnen den Weg).
Nein! Ich will nicht.

Montparnasse.
Was heißt das?

Eponine.
Was das heißt? Wenn Ihr in das Haus geht, rufe ich um Hilfe. Ihr seid zwei und Männer; ich bin nur ein Mädchen, aber ich fürchte mich nicht und sage Euch, Ihr geht nicht weiter.

Brujon.
Sie hat einen Grund dazu.

Eponine.
Ja! Und wenn Ihr nicht sogleich geht, mache ich Lärm.

Montparnasse (zieht seinen Dolch).
Nimm Dich in Acht!

Eponine
(tritt entschlossen auf Montparnasse zu, der zurückweicht).
Du glaubst, ich fürchte mich? Vor was? Mir ist es gleich, ob man mich morgen hier ermordet findet oder nach einiger Zeit ertränkt aus dem Wasser zieht. Stoß zu!

Montparnasse (steckt den Dolch ein).
Wir werden es Deinem Vater melden; vor dem wirst Du Dich schon fürchten.

Eponine.

So wenig wie vor Euch. (Sie weichen allmälig vor der drohenden Eponine zurück. Marius und Cosette erscheinen wieder und setzen sich auf die Bank.)

Dritter Auftritt.

Marius und Cosette.

Cosette.

Er sagte mir, er würde es nicht überleben.

Marius.

Du erschreckst mich.

Cosette.

Es wäre schrecklich für ihn, sagte er, wenn er wüßte, daß ich neben ihm noch einen Andern liebte... Er hat mich so sehr lieb, der arme Vater, und er hütet mich wie einen Schatz. Wenn er mich einem Gatten gäbe, würde er mich zu verlieren glauben. Aber ich werde ihn schon zum Nachgeben bringen, seine Einwilligung zu unserer Verheirathung zu geben und dann über unser Glück sich zu freuen.

Marius.

Das versprichst Du mir?

Cosette.

Ja. Sagte er doch, er wolle Paris verlassen!

Marius.

Wenn ich Dich nicht mehr hätte, würde ich sterben.

Cosette

(legt ihm die Hand auf den Mund).

Schweige! Du weißt ja, daß er alles thut was ich wünsche. Er ist so gutherzig! Beruhige Dich, wir trennen uns nie! Willst Du?

Marius.

Ja, Geliebte! (Cosette legt den Kopf auf die Achsel des Marius und sieht ihn liebend an. Pause. Von rechts kommen unterdeß Eponine und Valjean.)

Vierter Auftritt.

Die Vorigen, Eponine und Valjean (versteckt.)

Eponine (leise zu Valjean).

Ich sage Ihnen, sie sind fort und es giebt keine Gefahr mehr. (Sie zeigt auf Marius und Cosette.) Aber sehen Sie hierher! (Valjean bleibt wie versteinert stehen, starr auf das liebende Paar blickend.)

Cosette (zu Marius).

Weißt Du, ich heiße eigentlich nicht Cosette. Cosette ist ein häßlicher Name, den man mir gab, als ich noch ganz klein war.

Marius.

Nenne mir keinen andern; dieser gefällt mir am besten.

Cofette.

Dann gefällt er mir auch.

Marius (fieht fie an).

Wie schön Du bift!

Eponine.

Ah! (Sie schüttelt Valjean am Arme.) Hören Sie?

Cofette (zu Marius).

Ach, ich weiß es wohl, daß ich mich mit Dir nicht vergleichen kann. Du weißt viel mehr, Du haft viel mehr Geift, aber wie ich Dich liebe, liebft Du mich doch nicht.

Valjean
(wie mit sich felbft sprechend).

Wohl höre ich .. Ich vergesse darüber die Flucht und die Rettung, selbft den Tod hinter mir .. Vor mir sehe ich ihn jetzt.

Marius (zu Cofette).

Sprich nicht von Geift! Was ift er gegen Deine Anmuth? Immer möchte ich in Deinem Anblicke schwelgen.

Cofette (zu Marius).

Und ich? Ich lebe eigentlich nur, wenn ich Dich sehe. Alles Uebrige ift gleichgiltig, wenn ich Dich habe.

Valjean.

Alles übrige!

Marius (zu Cofette).

Ach ja, immer so beieinander zu sein, das ift

das Glück. Cosette, Geliebte, denke Dir nun die
Zeit, wenn wir verheirathet sind und, nicht mehr
blos paradiesische Stunden, wenn wir Jahre der
Seligkeit mit einander leben, mein Engel!

Eponine (zu Valjean).

Engel!.. Und Sie sagen gar nichts? Sie
lassen sie vor Ihren Augen Engel nennen?

Cosette.

Ja, das wäre der Himmel auf Erden!

Valjean.

Wie sie ihn liebt! (Er geht näher nach der Bank
hin, Eponine bleibt lauschend zurück.)

Cosette.

Es kommt Jemand. (zu Marius) Verstecke Dich.
(Marius steht auf und verbirgt sich im Gebüsch. Valjean
tritt näher.) Mein Vater!

Fünfter Auftritt.

Valjean, Cosette, Marius und Eponine
(beide versteckt).

Valjean (zu Cosette).

Cosette, wir reisen ab.

Cosette (erschrocken).

Wir reisen?

Valjean.

Der Wagen steht bereit. Ich habe keine Mi=

nute zu verlieren. Es handelt sich um Leben und Tod.

Cosette.

Für wen?

Valjean.

Für mich.

Cosette.

Ach! Und wohin reisen wir?

Valjean.

Das weiß ich noch nicht, aber Frankreich verlassen wir.

Cosette
(blickt ängstlich nach dem Gebüsch).

Mein Gott!

Valjean.

Auf immer.

Cosette.

Und sogleich? Auf immer? Morgen, Vater! Nicht heute! Heute ist es unmöglich .. Man soll sich in den Straßen schlagen ..

Valjean.

Um so besser! Man kann dann leichter verschwinden.

Cosette.

Aber . . .

Valjean.

Du zögerst? Und es handelt sich um das Leben Deines Vaters? Nun gut! Du bist frei .. Du magst bleiben .. Ich will Dich nicht zwingen .. Es ist gut! Bleibe!

Cosette.

Nein, ich zögere nicht .. Meine Wahl ist ge=
troffen.

Valjean (bei Seite).

Ihre Wahl! (Bebend). Wenn sie sich für ihn
entschieden hätte!

Cosette.

Ich folge Dir, Vater.

Valjean.

So komm! (Er zieht sie mit sich fort.)

Cosette

(sieht sich weinend nach dem Versteck des Marius um).

Verzeihe mir, Marius!

Sechster Auftritt.

Marius und Eponine (versteckt), dann Valjean.

Marius (vortretend).

Es ist nicht möglich! Ich habe falsch gehört!
Abgereiset! (Er horcht.) Abgereiset! (Er geht rasch
in der Richtung hin, in welcher Valjean und Cosette sich
entfernten und ruft.) Cosette! Cosette! (Schnell kehrt
er um.) Abgereiset .. auf immer! Verloren!
Verloren! (Verzweifelnd die Hände ringend.) In
welchen Abgrund stürze ich mich?! (Das Sturm=
lauten wird deutlicher. Eponine zeigt sich.)

Eponine.

Herr Marius, Ihre Freunde erwarten Sie zum
Kampfe ..

Marius (außer sich)

Meine Freunde und .. zum Kampfe?

Eponine.

Zum Tode! (Sie zieht ihn mit sich fort.)

Marius.

Zum Tode?

Valjean

(erscheint wieder im Hintergrunde).

Er will, er soll sterben? Nein! Sie wäre
mir dann auch verloren. (Ab.)

Viertes Bild.*

Im Kampfe.

Eine enge Querstraße, die zwei Seitenstraßen verbindet.
An dem einen Ende des Gäßchens eine Barricade, die man
aber nicht sieht.

---

* Das vierte und fünfte Bild stellen im Originale den
Barricadenkampf dar. Da aber ein solcher auf keiner
deutschen Bühne zur Aufführung kommen kann und kommen
wird, gleichwohl Motive für Späteres in diesen Scenen
liegen, so habe ich nachstehendes viertes Bild eingelegt.

D.

Erster Auftritt.

Enjolras, Javert, später Eponine, Marius
und Valjean, Arbeiter und Soldaten.

Enjolras

(zu Javert, in einer Blouse wie die Arbeiter und an einen
Laternenpfahl gebunden).

Sie sind ein Polizei=Spion, wir wissen es.

Javert.

Ich bin ein Diener der Behörde.

Enjolras.

Zehn Minuten vor der Wegnahme der Barri=
cade werden Sie erschossen.

Javert.

Warum nicht sogleich?

Enjolras.

Um nicht nutzlos Blut zu vergießen. (Er geht.
Eponine erscheint und etwa einen Schritt hinter ihr Ma=
rius. In dem Augenblick, als sie die Bühne betritt, hört
man von der Seite her, wo die Barricade gedacht wird,
einen Schuß und Eponine sinkt zusammen.)

Eponine.

Ich sterbe!

Marius

(versucht sie aufzuheben).

Sie sind verwundet?

Eponine (schwach).

Lassen Sie mich liegen. Ich kann nicht lange

mehr leben. Aber setzen Sie sich zu mir hierher. (Marius setzt sich neben sie auf die Straße und sie legt den Kopf auf seine Knie.) Ja, so ist es gut. Ich fühle keinen Schmerz mehr. Und wie süß werde ich sterben. (Sie wendet mit Anstrengung den Kopf so, daß sie Marius in das Gesicht sehen kann.) Sie fanden mich recht häßlich, nicht wahr?

Marius.

Sie Arme!

Eponine.

Sie sind verloren hier. Keiner kommt lebend aus dem Gäßchen; ich wußte es wohl und führte Sie doch hierher. Sie werden hier sterben, Sie müssen sterben, aber ich freue mich, daß ich vor Ihnen sterbe. Wie glücklich fühle ich mich .. Bleiben Sie. Es währt nicht lange mehr .. Wissen Sie noch, daß Sie mir einmal etwas ver= sprachen? Sie gaben mir Geld. Das mocht' ich nicht. Wollen Sie mir jetzt geben, was ich sehn= lich wünschte? Versprechen Sie es mir!

Marius.

Ich verspreche es, aber was ist es?

Eponine.

Geben Sie mir einen Kuß auf die Stirn .. wenn ich todt bin. Ich werde ihn doch fühlen. (Sie läßt den Kopf zurücksinken auf die Knie des Marius und ihre Augen schließen sich.)

Marius.

Todt!

Eponine
(schlägt die Augen noch einmal auf).

Marius, ich .. habe .. Sie .. sehr .. geliebt! (Sie stirbt. Marius drückt ihr einen Kuß auf die Stirn und steht auf.)

Valjean erscheint von der freien Seite her.

Enjolras (kommt zurück, zu Valjean).

Bürger, bleiben Sie hier bei dem Verurtheilten und sobald Sie sehen, daß das Militair in das Gäßchen einbringt, schießen Sie den Mann nieder; er ist ein Spion. (Ab mit Marius nach der Barricade.)

Valjean
(stellt sich neben den gefesselten Javert).

Javert (zu Valjean).

Nun — räche Dich, Valjean! (Valjean steckt das Pistol ein, das er in der Hand trug und zieht ein Messer aus der Tasche.) Ein Messer? Richtig! Das paßt besser für Dich und Dein Handwerk.

Valjean
(zerschneidet den Strick, mit dem Javert an den Händen an den Pfahl gebunden ist).

Sie sind frei.

Javert (staunend).

Wie?

Valjean.

Gehen Sie, da es noch Zeit ist.

Javert (finster).

Nimm Dich in Acht.

Valjean.

Gehen Sie!

Javert

(will gehen, kehrt aber um).

Nein! Erschießen Sie mich lieber!

Valjean.

Dort hin! (Zeigt in die Straße hin, von der Barricade hinweg. Javert sieht ihn verwundert an, zögert und
geht sodann rasch fort. Als er sich entfernt hat, kommt
Marius von der andern Seite wankend zurück und bricht
vor Valjean zusammen. Man hört zum Angriff blasen
und trommeln. Valjean neigt sich über Marius.) Er lebt
noch . . So habe ich denn ihn, den ich hasse und
den sie liebt! Um ihretwillen muß ich ihn retten.
(Einzelne Blousenmänner fliehen über die Bühne.) Aber
wie? (Er sieht sich um.) Das Militair stürmt heran.
Ich habe keine Zeit mehr mit ihm zu fliehen.
(Er sieht nicht weit von sich das Gitter einer Straßen-
schleuße, reißt es auf, nimmt Marius auf den Arm und
steigt mit ihm in die Schleuße hinab. Während er
verschwindet, rücken Truppen mit gefälltem Bayonet über
die Bühne und rufen: es lebe der König!)

Zweiter Auftritt.

Das Ufer der Seine. Man sieht links die Mündung der
großen Schleuße mit aufgezogenem Gitter. Tagesanbruch.

Javert

(in seiner Polizeiinspector-Uniform, allein. Er kommt in
Gedanken daher und bleibt in der Nähe jener Schleußen-
mündung stehen).

Gerettet! Durch einen Sträfling! Ah! Ein

Verbrecher, der Böses mit Gutem vergilt? Ich hab's erlebt; es ist möglich .. aber ich verliere die Gedanken darüber. (Mit bitterm Lächeln.) Man sagt, das Wasser ziehe an sich. Ja. Die ganze Nacht bin ich gegangen, um hierher zu kommen! Es ist auch meine Schuld mit .. Warum gab ich es zu, daß er mich leben ließ? Ich mußte erschossen werden und hätte die Andern gegen diesen Valjean zu Hilfe rufen sollen .. Gerettet durch einen Sträfling! Der Inspector Javert hat gegen seine Pflicht gehandelt. (Er versinkt in Gedanken. Valjean kommt, den noch immer ohnmächtigen Marius tragend, aus der Schleuße heraus.)

Dritter Auftritt.

Javert, Valjean, Marius (ohnmächtig).

Javert
(dreht sich um, sieht Valjean und geht auf ihn zu).

Was thust Du hier? Wer bist Du? (Valjean dreht sich um. Sie erkennen einander. Schweigen des Staunens. Plötzlich tritt, wie mit einem Sprunge, Javert auf Valjean zu und packt ihn mit beiden Händen an den Achseln.) Ah! habe ich Dich doch!

Valjean.
Ich bitte Sie nur um Eines .. helfen Sie mir den Verwundeten zu seinem Großvater bringen. Ich kenne die Wohnung desselben. Nachher thun Sie mit mir was Sie wollen. Diesmal bin ich wirklich

Ihr Gefangener und (seufzend) ich mache keinen Versuch mehr, Ihnen zu entkommen.

Javert.

Gut. (Zeigt aufwärts) Dort hält ein Fiacre. Vorwärts!

Valjean.

Ich danke. (Er steigt, Marius auf den Armen, an dem Ufer hinauf. Als er dasselbe beinahe erreicht hat, dreht er sich um und sieht Javert unbeweglich an der früheren Stelle stehen.) Kommen Sie nicht? Ich warte auf Sie.

Javert.

Gehen Sie!

Valjean.

Ich bin Ihr Gefangener.

Javert (heftig).

Gehen Sie! (Valjean verschwindet oben.)

Vierter Auftritt.

Javert (allein).

Nun habe ich ihn gerettet! Ich! Ich weiß nicht was mich dazu zwang. Inspector Javert, das war nochmals gegen die Pflicht gehandelt. Suche Du selbst den Tod .. in den Wellen! (Während er sich anschickt, in den Fluß sich zu stürzen, fällt der Vorhang.)

Fünftes Bild.

Die letzte Nacht.

Sehr einfaches Zimmer. Thüren rechts und links. Ein Tisch mit Schreibgeräthe, daneben ein Lehnstuhl. Auf dem Tische zwei silberne Leuchter.

Erster Auftritt.

Die Magd, ein Arzt, dann Valjean.

Die Magd.

Sehen Sie, Herr Doctor, 's fing an mit dem Tag, als er das Fräulein zu Herrn Marius brachte, nachdem der Großvater verziehen hatte und der junge Herr geheilt war.

Der Arzt.

Der innere Schmerz, der ihn verzehrt, schreibt sich also schon aus der Zeit vor der Hochzeit her?

Die Magd.

Ja, Herr Doctor. So lange Herr Marius krank war, ging weder mein Herr noch das Fräulein zu ihm, aber als der arme junge Mann wieder gesund war, schrieb mein Herr erst einen langen Brief, dann ging er mit dem Fräulein und er kam — allein zurück. Als er kam, sagte er zu mir: wir verreisen. Wir verreiseten wirklich auf

zwei Monate und in dieser Zeit wurde das Fräulein mit Herrn Marius getraut ..

Der Arzt.

Und seit er wieder zurück ist?

Die Magd.

Nahm er die Wohnung hier, ohne es irgend
Jemand zu sagen. Ich kenne die Wohnung des
jungen Paares nicht und konnte also auch nicht ..

Der Arzt.

Aber er?

Die Magd.

Ach er! Er verließ das Zimmer fast gar nicht
und es wurde alle Tage schlimmer mit ihm.

Der Arzt.

Es steht auch recht schlecht.

Die Magd.

Es ist also gefährlich? Kommen Sie wieder,
Herr Doctor?

Der Arzt.

Allerdings; besser aber wäre es, wenn noch
Jemand wieder käme .. wenn es nicht schon zu
spät ist. (ab.)

Die Magd.

Du lieber Gott!

Valjean

(tritt ein, gebeugt, um zwanzig Jahre gealtert, mit ganz
weißem Haar. Er hält sich im Gehen an die Möbels an).

Brennen Sie die Lichter auf den Leuchtern da an!
(Die Magd thut wie ihr geheißen und wird dann, nach
einem mildtraurigen Kopfnicken, entlassen. Sie geht.)

Zweiter Auftritt.

Valjean allein.

Valjean
(tritt an den Tisch und betrachtet die beiden Leuchter).

Bist du mit mir zufrieden, mein Führer? Habe ich mein Herz dem Gewissen vollständig geopfert? Habe ich mich recht gefügt in die letzte, die schreck= lichste, die schwerste Prüfung? Ich bereitete ihnen das Glück und zog mich davon zurück. Der .. Sträfling wollte nicht in ihr Leben eintreten und ich verschließe mir ihr Haus. Bist du zufrieden? (Pause. Er zittert.) Mich friert! Schon? (Er setzt sich erschöpft in den Stuhl. Der Kopf sinkt ihm auf die Brust. Nach einiger Zeit richtet er ihn mit Anstrengung wieder auf, nimmt zitternd die Feder und fängt an zu schreiben.) „Herr Marius, ich fühle, daß ich nur noch wenige Stunden zu leben habe und will sie benutzen, um Ihnen zu danken. Ich weiß, daß Sie seit dem Tage, als ich verschwand und Ihnen den Brief zurückließ, in dem ich Ihnen allein ge= stand, wer ich bin, Alles aufgeboten haben, um mich ausfindig zu machen und daß Sie mich noch suchen. Sie wußten Alles und thaten es doch. Dafür danke ich Ihnen. Aber es hilft Ihnen nichts, denn Sie werden mich nicht finden und es ist auch besser, daß Sie mich nicht finden. Und doch hätte ich sie so gern noch einmal gesehen, sie, die nichts weiß und auch nichts erfahren darf, sie, mein geliebtes Kind. Herr Marius, lieben Sie sie immer!" Ach, die Kräfte verlassen mich. (Er legt den Brief zusammen, siegelt ihn mit großer Mattigkeit, dann nimmt er die Feder wieder, läßt sie aber fallen.) Mein Gott, sollte ich nicht mehr die Kraft haben, auch an sie noch einige Worte zu schreiben? (Er fängt an zu schreiben.) „Meine Cosette, ich segne Dich." (Er hält inne. Die Feder entfällt seiner Hand.) Ist es vorüber?.. Ich kann ihr nicht einmal mehr sagen, daß sie mein letzter Gedanke gewesen ist.. Und ich werde sie nicht mehr sehen! Ach, nur eine Minute, nur einen Augenblick ihre Stimme zu hören, ihr Kleid zu berühren, sie zu sehen und — dann zu sterben! Das Sterben ist nichts, aber schrecklich ist es, sterben zu müssen, ohne sie zu sehen! Sie würde mich anlächeln, mir ein freundliches Wort sagen.. Aber es ist vorbei, auf immer! Mein Gott, mein Gott, ich werde sie nicht mehr sehen! (Er schluchzt. Es wird an die Thür geklopft. Mit gebrochener Stimme ruft er:) Herein! (Cosette und Marius treten ein.)

Dritter Auftritt.

Valjean, Cosette, Marius.

Valjean
(steht, außer sich vor Freude, auf).

Cosette!

Cosette

(stürzt sich in seine Arme).

Vater!

Valjean.

Cosette! Sie ist es? Sie, gnädige Frau! Du? Du bist es! Ach, mein Gott!

Marius.

Vater, endlich finde ich Sie!

Cosette (legt Shawl und Hut ab).

Das ist mir hinderlich! (Sie zieht ihn auf den Stuhl zurück, setzt sich auf die Lehne desselben, streicht ihm das weiße Haar bei Seite und küßt ihn auf die Stirn.)

Valjean (entzückt).

Wie dumm man ist! Bildete ich mir ein, ich würde sie nicht wieder sehen! Immer rechnet man doch ohne den lieben Gott! Er sagte: Nein, nein, das kann nicht sein; der arme Mann bedarf eines Engels. Und der Engel kam. Der alte Vater sieht seine Cosette wieder! (Er drückt sie zärtlich an sein Herz und wendet sich dann an Marius.) Auch Sie, Herr Marius, verzeihen mir?

Marius.

Hörst Du, Cosette? So weit ist es mit ihm gekommen. Er bittet mich um Verzeihung. Und Du weißt, was er für mich gethan, daß er mir das Leben gerettet hat. Ja, noch mehr hat er gethan: er gab Dich mir. Cosette, wenn ich mein ganzes Leben zu seinen Füßen verbrächte, es wäre nicht genug. Aus dem Kampf, durch die schreckliche Schleuße, hat er mich getragen und ich wußte es nicht!

Valjean.

Still! Still! Warum davon reden?

Marius.

Es ist sehr unrecht von Ihnen. Sie retten den Leuten das Leben, schreiben ihnen nutzlose Briefe und verbergen sich dann vor denen, die Ihnen das Leben verdanken!

Valjean.

Wenn ich davon gesprochen hätte, würden Sie mich genöthigt haben, bei Ihnen zu bleiben, und das ging nicht an.

Marius.

Das ging nicht an? Warum nicht? Glauben Sie, daß Sie hier bleiben dürfen? Wir nehmen Sie mit zu uns.

Valjean
(drückt Cosette an seine Brust).

Lassen Sie mich meine Cosette ansehen, Herr Marius. Gott sei gepriesen, ich sehe Dich wie= der! — Sie erlauben mir, Herr Marius, sie Du zu nennen? Es wird nicht lange geschehen.

Cosette.

Es war schlecht, Vater, uns so zu verlassen. Wo warst Du nur? Wie lange bist Du hier? Weißt Du, daß Du sehr verändert aussiehst? Ach, der böse Vater! Er ist krank gewesen und hat es uns verschwiegen! Marius, fühle seine Hand, wie kalt sie ist!

Marius.

Aber nun gehören Sie uns! Glauben Sie nicht, daß Sie nur bis morgen hier bleiben dürfen!

Valjean.

Morgen werde ich freilich nicht mehr hier sein, aber auch nicht bei Ihnen.

Marius.

Sie verlassen uns nicht mehr. Ich entführe Sie! Im Nothfall brauche ich Gewalt.

Cosette.

Dein Zimmer, Väterchen, ist bereit. Ach und wenn Du wüßtest, wie reizend jetzt unser Garten ist! Du bekommst dein Beet im Garten; das bearbeitest Du selbst und ich thue alles, was Du haben willst, aber Du mußt auch thun, was ich haben will!

Valjean.

Ja, es wäre schön, wenn wir so beisammen leben könnten, aber ...

Cosette und Marius.

Nun?

Valjean.

Es ist schade.

Cosette.

Mein Gott, Deine Hände werden noch kälter! Bist Du wirklich krank, sehr krank?

Valjean.

Ich? Ach nein, mir ist jetzt sehr wohl, aber . .

Cosette.

Aber . .?

Valjean.

Ich werde sterben . . sehr bald.

Cosette und Marius.

Sterben?

Valjean.

Ja, aber ich sterbe jetzt gern. (Er athmet mit Beschwerde und lächelt.) Cosette, sprich, sprich, damit ich Deine Stimme höre . .

Cosette
(mit schmerzlichem Aufschrei).

Vater, Vater, Du wirst leben! Du mußt leben, hörst Du?

Valjean.

Ja, ja, verbiete mir zu sterben. Wer weiß? Vielleicht gehorche ich Dir. Es ist mir schon, als lebte ich bei Dir wieder auf.

Marius.

Sie sind noch voll Leben und Kraft. Man stirbt nicht so. Sie haben Kummer und Gram gelitten; das ist vorbei. Ich bitte Sie um Vergebung, hier, auf meinen Knieen. Sie werden leben, lange leben, bei uns, und Ihr Glück soll unser einziger Gedanke sein.

Valjean.

Wenn Sie mich auch zu sich nähmen, Herr Ma=

rius, würde ich nicht immer sein was ich bin? Nein, Gott ist meiner Meinung: ich muß gehen. Der Tod ist das Beste. Gott richtet alles wohl ein. Mögt Ihr, meine Kinder, glücklich sein! Ich bin zu nichts mehr nütze als daß ich sterbe. Ich fühle auch, daß es mit mir zu Ende geht .. Cosette, Dein Mann ist so gut! Du bist bei ihm besser aufgehoben als bei mir.

Cosette.

Aber, mein Gott, das ist ja nicht möglich! Sollen wir Dich gefunden haben, nur um Dich wieder zu verlieren?

Marius.

Das darf, das wird nicht geschehen!

Valjean
(dessen Stimme immer schwächer wird).

Kommt Beide her zu mir! Ach, so stirbt's sich gut! Du hast mich lieb, Cosette, ich weiß es wohl .. Du beweinst mich etwas, nicht wahr? Aber nicht zu sehr. Du sollst keinen wirklichen Schmerz haben! Heiter müßt Ihr sein, heiter! Ihr seid reich. Das Vermögen Cosette's ist ehrlich verdientes Geld! Genießt es! .. Ich schrieb eben an Sie, Herr Marius und an Dich auch, meine Cosette .. Dir hinterlasse ich diese Leuchter. Sie sind von Sil-ber, für mich sind sie von Gold, von Diamant. Ich weiß nicht, ob der, welcher sie mir gab, mich da oben freundlich empfangen wird. Ich that aber was ich thun konnte .. Kinder, vergeßt nicht, daß ich ein armer Mann bin und laßt mich begraben in irgend einem Winkel, unter einem Steine zur Bezeichnung der Stelle. So wünsche und will ich es. Keinen Namen auf den Stein. Wenn Cosette bisweilen an das Grab kommen will, wird es mir wohl thun. Sie auch, Herr Marius. Ich gestehe es, ich habe Sie nicht immer geliebt, aber ich bitte Sie um Verzeihung. Ich fühle, daß Sie Cosette glücklich machen werden ... Kinder, weint nicht; ich gehe ja nicht weit hinweg und werde Euch immer sehen... Jetzt, meine Cosette, kniee nieder. (Cosette und Marius knieen vor ihm.) Es ist die Zeit gekommen, Dir den Namen Deiner Mutter zu nennen. Fantine hieß sie. Merke Dir den Namen wohl und kniee jedesmal nieder, wenn Du ihn aussprichst. Sie hat viel gelitten und Dich sehr geliebt. Sie war so unglücklich, wie Du glücklich bist.. Ich sterbe, Kinder. Liebt Euch einander! Es giebt nichts Besseres in der Welt, als die Liebe. Denkt bisweilen an den Alten, der hier starb ... Kinder, es dunkelt mir vor den Augen.. Denket bisweilen an mich.. Kommt noch näher, damit meine Hände Euch fühlen! (Cosette und Marius beugen sich weinend auf seine Hände) .. Ich sterbe .. glücklich. (Er stirbt.)